Esa gente

Esa gente

CHICO BUARQUE

Traducción de
Roser Vilagrassa

LITERATURA RANDOM HOUSE

Papel certificado por el Forest Stewardship Council®

MIXTO
Papel procedente de
fuentes responsables
FSC® C117695

Penguin
Random House
Grupo Editorial

Título original: *Essa gente*

Primera edición: marzo de 2021

© 2019, Chico Buarque
© 2021, Penguin Random House Grupo Editorial, S. A. U.
Travessera de Gràcia, 47-49. 08021 Barcelona
© 2021, Roser Vilagrassa, por la traducción

Printed in Spain – Impreso en España

ISBN: 978-84-397-3795-7
Depósito legal: B-601-2021

Compuesto en La Nueva Edimac, S. L.
Impreso en Egedsa (Sabadell, Barcelona)

RH37957

Río, 30 de noviembre de 2018

Querido amigo:
No creas que he olvidado mis obligaciones, bastante lamento estar en deuda contigo. Quedé en que te entregaría los originales a finales de 2015, y ya han pasado tres años. Como ya debes de saber, últimamente estoy pasando por un momento de dificultades varias: la separación, la mudanza, el pago del seguro y la fianza del nuevo apartamento, los gastos de los abogados, una prostatitis aguda... En fin, terrible. Por si estos problemas personales no fueran suficientes, me ha costado mucho concentrarme en divagaciones literarias sin que me afecten los recientes acontecimientos de nuestro país. Ya he agotado el adelanto que generosamente me concediste, aunque todavía me falta paz de espíritu para hilvanar los escritos con los que he estado trabajando sin tregua. Sé que no debería molestarte en un momento en que la crisis económica no parece haber remitido conforme se esperaba. Soy consciente de las duras condiciones del mercado editorial, pero si pudieras adelantarme otra parte de los derechos de autor, intentaré aislarme durante unos meses en las montañas, a fin de obsequiarte con una novela que te encantará.
Un fuerte abrazo.

7 de diciembre de 2018

Cuando me separé, dejé la costa para vivir otra vez en lo alto de la colina, casi en la misma dirección que había compartido años atrás con mi primera mujer. Ella aún vive en esa finca con la fachada de mosaico, cuatro edificios más abajo que el mío, así que seguramente ya me habrá visto pasar por debajo de su ventana. Tal vez crea que busco una reconciliación, aunque sabe de sobra que soy aficionado a los paseos peripatéticos, sobre todo los días que me pongo a escribir y me siento entumecido, con la vista saturada de letras. Salgo a andar calle abajo siempre que las letras se anquilosan sobre el papel, comprimidas entre sí, como las pequeñas piedras blancas y negras del pavimento que piso. Poco a poco, mis ojos se dejan llevar por un coche, una falda, una hoja, una lagartija, unos niños en la escuela, unos pajaritos… Al cabo de un rato solo veo colores, esquinas, siluetas, halos, y me vienen a la cabeza ideas sueltas, una buena, una mala, y yo venga a subir y bajar la cuesta haga sol o llueva, pensando en voz alta, discutiendo conmigo mismo, con esa mueca, y esos tics y gestos frustrados de los que habla el poeta,* esas gesticulaciones que hacen menear la cabeza a los porteros: mira, ya ha vuelto el rarito.

---

* Alude a un poema del poeta brasileño João Cabral de Melo Neto, «Exceção Bernanos, que se dizia escritor de sala de jantar», en el que habla de la dificultad de escribir: «Escrever é estar no extremo / de si mesmo, e quem está / assim se exercendo nessa / nudez, a mais nua que há, / tem pudor de que outros vejam / o que deve haver de esgar, / de tiques, de gestos falhos, / de pouco espetacular / na torta visão de uma alma / no pleno estertor de criar». (*N. de la T.*)

13 de diciembre de 2016

Para empezar por el principio, el negrito jura que se acuerda de su madre cantando desde el mismo instante en que llegó al mundo. Antes de poder verla, ya la oía, pues el oído, como el olfato, precede a la vista; es más, puesto que los sentidos aún eran imprecisos, de recién nacido confundía la voz de la madre con el olor de la leche. Luego esta dejó la macumba y se puso en los cultos evangélicos, época en que fue cocinera en la casa del maestro italiano, donde lo llevaba con ella. La mujer del maestro, una gallega muy católica, tomó cariño al chiquillo, pero regañaba a la madre cuando la oía cantar sus himnos, distraída en la cocina. Un día que se enfadó, el niño se puso a cantar por ella. Pronto despertó el interés del maestro, que lo inició en la ópera, las partituras y el solfeo hasta alcanzar un nivel sublime en las arias de Mozart. Aquella voz angelical...

15 de diciembre de 2016

La madre cambió de trabajo y prohibió al negrito ver al maestro. Para retenerlo en casa, le metió miedo a los cerdos, contándole historias escabrosas que había oído del pastor. Y el niño creció pensando que aquellos cerdos enormes que andaban sueltos por allí, se comían los huevos de los niños del cerro del Vidigal. Cuando un día despertó en casa del pastor con apósitos allí donde antes había los testículos, pensó que sin duda había sido un cerdo. De adulto, acabó obeso como un cerdo... pero, conserva la voz angelical.

9 de diciembre de 2018

Bajando por la cuesta, alcancé a un paseador de perros que me parece nuevo en el barrio. Es un mulato larguirucho que lleva una decena de perros, que a su vez lo llevan a él, entre los que se cuenta el labrador de doña Maria Clara. Doña Maria Clara había ido al médico con su hijo, por lo que no había nadie en casa a quien devolver el animal. El portero se negaba a quedarse con él por miedo a que le ensuciara la portería, aun cuando el chico le enseñaba la bolsita de plástico con la caca dentro. Ya ha anochecido cuando regreso cuesta arriba y veo al muchacho sentado en el bordillo con el labrador, después de que sin duda haya devuelto a los demás perros. Llego a casa, escribo estas parcas líneas, descorcho un vino, caliento un suflé y veo el fútbol en la televisión. Me voy a la cama hacia la medianoche, tengo sueño, pero no puedo dormir. Sin quitarme el pijama, voy al garaje por el coche, bajo la cuesta en marcha atrás, encuentro al chico sentado con el perro en el mismo sitio y los hago subir al asiento trasero. Una vez en el apartamento, después de husmearme entre las piernas, el perro se despatarra en el suelo de la cocina y rechaza el pienso para gatos que le doy. Ofrezco una Coca-Cola al chico y unas sobras de suflé frío, que acepta con gusto. Se deshace en agradecimientos por poder ver la televisión y dormir en el sofá del salón. Luego me pregunta si tendrá que darme por culo.

Río de Janeiro, 23 de septiembre de 2017

Estimado señor Balthasar:

Con suma satisfacción, he recibido de su editor la noticia de que su equipo está interesado en leer la traducción antes de publicar su libro en lengua portuguesa. Además, se me ha comunicado que echaría un vistazo personalmente a mi trabajo, ya que su español es fluido y usted no es del todo ajeno a la dulce manera de hablar de los brasileños, como aficionado a la bossa nova. Me siento muy honrada de enviarle mi última versión para que pueda aportar sus comentarios. Le advierto que me he tomado la libertad de alterar algunos signos de puntuación, como los dos puntos que abundan en el original y que muchas veces pueden sustituirse por los punto y coma, pues, a mi parecer, son bastante distintos. También he suprimido algunos signos de exclamación que, francamente, me parecen redundantes.

Permítame añadir que ansío conocerle personalmente con ocasión de su anunciada visita a Brasil. Le saludo con la inmensa admiración que le profeso desde hace tiempo.

Atentamente,

Maria Clara Duarte

Río de Janeiro, 9 de octubre de 2017

Estimado Sr. Balthasar:

Nunca imaginé que podría irritarle y, de hecho, no me corresponde a mí señalar incongruencias en un libro ya publicado con tanto éxito en su país. Pero en el caso de la página 297, cuando usted dice que los dedos del pianista mantienen el acorde perfecto, el lector podría entender que el piano no deja de sonar, lo cual se desmiente en la misma frase. Solo por eso insistí en sugerir que los dedos mantenían la posición o, si se prefería, la formación del acorde, mientras el pianista y la mujer hambrienta cruzan la mirada en el *silencio* de la sala. Es duro que haga un esfuerzo más allá de lo estrictamente profesional para recibir como respuesta la recomendación de atenerme al texto. Pero lo dejo a su criterio, pues el autor es siempre el que manda. Ganaré tiempo para mi ardua vida familiar y no le incomodaré con más cartas que, en realidad, es posible que ni siquiera lleguen a sus manos, pues sospecho que mantengo correspondencia con su secretaria. Por lo tanto, dejemos al pianista con su acorde perfecto *sonando* en el *silencio* de la sala. Ya ni siquiera discuto ese *hambrienta* suyo, aunque me parezca infinitamente más adecuado un *voluptuosa* para una mujer que está prácticamente tumbada sobre la tapa del piano. También he conservado el *prácticamente* donde yo había propuesto un *casi*, a fin de evitar la repetición de adverbios con el sufijo *mente*. En este caso es una cuestión de elegancia, y no del furor semántico que usted o la secretaria cubana me atribuyen.

Atentamente,
Maria Clara Duarte

Río de Janeiro, 27 de octubre de 2017

Apreciado señor:
Esta es la última «impertinent letter» que le dirijo. Sepa que simplemente estoy contemplando no firmar la traduc-

ción de su extensa novela, o hacerlo bajo pseudónimo. Aún no he tomado la decisión definitiva por temor a que mi editor reduzca mis honorarios a la tarifa mínima de la casa, que debe de llegar a los diez dólares por página, es decir, unos ochenta dólares al día, lo cual sería justo para el trabajo de una dactilógrafa diligente. Usted no tiene nada que ver con esto, pero no obtengo mi sustento de la literatura, sino que vivo de la interpretación simultánea en congresos y seminarios. Para mí, la literatura debería ser únicamente una fuente de disfrute, pues si tuviera que depender de esta no tendría cómo cubrir sola las necesidades de mi hijo, que, como es bien sabido, tiene un padre ausente y carece de cuidados especiales.

Estoy segura de que, a pesar de todo, su novela tendrá un gran éxito comercial en mi país.

Me despido cordialmente,

M. C. D.

21 de septiembre de 2018

Mi esposa soltó los pinceles y se adelantó a la empleada para abrir la puerta ella misma. Dos tipos grandullones maniobraron en el recibidor para entrar en el salón con un paquete largo, envuelto en plástico de burbujas. ¿Dónde quiere que lo dejemos?, preguntó uno. Aquí en la ventana, de pie, de cara al mar, dijo ella, y empezó a palpar el paquete, probablemente para comprobar qué lado era la parte delantera del objeto, que solo podía ser una escultura. A continuación despidió a los repartidores y se dedicó a hacer estallar las burbujas, y bajo el plástico descubrió un papel grueso de estraza, envuelto en una cinta adhesiva que requirió unas tijeras de cocina. Poco a poco, empezó a aparecer un objeto dorado de mi altura, quizá un tótem, no, un hombre. Entró y regresó corriendo para colgar una cinta verde y amarilla sobre el torso de aquella estatua dorada, tal vez con la intención de realzar el efecto kitsch. Sencillamente me parecía un objeto de mal gusto, pero no dije nada, entonces ya no nos dirigíamos la palabra. Con la estatua ella tendría más ánimo.

3 de enero de 2019

El contable ha llamado para comunicarme que tengo el saldo del banco en números rojos. ¿Y ahora qué? Y ahora qué, pregunto. Son las nueve de la mañana, hace calor, los geranios de la ventana están agostados. Hay pan de molde en la nevera, mantequilla, dos lonchas de jamón, y he aprendido a preparar café en la cafetera eléctrica. A la chica de la limpieza se le daba bien regar los geranios, pero cuando lo hago yo la vecina de abajo siempre se queja de que le cae agua. El periódico está en el recibidor; la primera página es falsa, es una imitación de primera página, donde todas las noticias son anuncios publicitarios. Cuando el gato arañaba el periódico y se meaba encima, solía cabrearme, pero ahora hasta lo echo de menos. Hay quien dice que los gatos angora son suicidas, aunque la chica de la limpieza asegura que saltó persiguiendo a un colibrí. Me señaló al gato despachurrado en el parque infantil de la finca, pero preferí no bajar, así que le pedí que lo enterrara allí mismo, en el parterre. La chica solía llegar temprano a casa, se tomaba un café y tenía la abominable manía de hojear el periódico antes que yo. Intenté esconderlo, pero notaba las dobleces irregulares, como la raya de pantalones mal planchados. También se le notaba que le fastidiaba tomarse el café recalentado, y a la chica sí que no la echo de menos.

15 de enero de 2019

En vez de dirigirse hacia el sur, después de pasar rozando el Pan de Azúcar, el avión sobrevuela Río de Janeiro a baja velocidad. Me complace pensar que al piloto, como a mí, no le apetece irse de Río, ni tiene prisa en llegar a São Paulo. O que haya decidido dar una vuelta panorámica sobre la ciudad, con el fin de mostrar a los pasajeros nuestras playas, el bosque de la Tijuca, el Cristo Redentor, el Maracaná, las favelas y demás atracciones turísticas. Finalmente, tomamos la ruta habitual sobre el océano, y en eso que el avión hace un viraje de regreso a Río, seguramente por problemas técnicos. Con gesto risueño, la azafata avanza por el pasillo tranquilizando a los pasajeros que empezaban a mirarse con inquietud. Cuando ya nos dirigíamos hacia la pista de aterrizaje del aeropuerto Santos Dumont, en el último momento el avión acelera y remonta para sobrevolar la ciudad, en un intento, según entiendo, de deshacerse de combustible antes de disponerse a aterrizar de nuevo. El problema empieza cuando las turbinas se ponen a soltar humo, y la azafata, sin perder la sonrisa, apenas si es capaz de contener el alboroto que se crea a bordo. Dicen que, en el instante de la muerte, la vida pasa de principio a fin como una película en nuestra cabeza. Y eso me ocurre, no como en una película, sino en el vuelo rasante que efectúa el avión sobre Río de Janeiro. Allí están el hospital donde nací, la casa de mis padres, la iglesia donde fui bautizado, el colegio donde insulté al cura, el campo de tierra donde marqué un gol de tacón, la playa en la que casi me ahogué, la calle donde me partieron la cara, los cines donde me enamoré, el edificio del curso preuniversitario, que dejé a medias, y cerca del cementerio, el avión vuelve a tomar impulso, levanta el morro, acelera y se introduce entre las nubes. No pasa ni un minuto, cuando el piloto decide regresar, pasando otra vez a ras del hospital de maternidad, la casa de mis padres, la torre de la iglesia, todo nuevo. Es como si al volar en círculos el avión reprodujera con mayor fidelidad mi recorrido vital, haciéndome revisitar siempre a las mismas mujeres y las mismas películas, haciéndome volver a los mismos domicilios, disfrutar de repetir mis errores. La azafata busca el equilibrio apoyándose, ahora en una butaca, ahora en otra, para comprobar los cinturones de seguridad, y cuando alguien le pregunta si vamos a salir vivos de esta, ella responde con una sonrisa: solo saldremos vivos de milagro. A los gritos de desesperación, ahora se suma el clamor de las oraciones y, desde la ventanilla, me parece ver mi apartamento, un accidente de coches en la cuesta, un gato erizado, el ojo de un perro. El comandante se pone a rezar un avemaría al micrófono, mientras la azafata reparte rosarios y biblias que saca del carrito. Abro el Antiguo Testamento, pero mis gafas de lectura tienen la graduación obsoleta y no me permiten descifrar la letra minúscula. Mientras desgrano el rosario, trato en vano de recordar alguna oración y, con razón, mis compañeros de infortunio me lanzan miradas de odio. El avión está a punto de estrellarse con un centenar de creyentes a bordo, por culpa de un ateo que perdió la fe en los milagros hace muchos años. Caen máscaras del techo para todos los pasajeros menos para mí, y no es hasta ese momento cuando me doy cuenta de que en el asiento de al lado está mi padre, que gira la cara y me niega una mísera inhalación de oxígeno. Desencantado, miro a la azafata haciéndome la señal de la cruz en la frente y susurro: mamá. Es mi último soplo de vida. A continuación, me despierto envuelto en la sábana con la tele encendida: a partir de hoy, por decreto presidencial, puedo tener cuatro armas de fuego en casa.

9 de abril de 2017

Cuando hace unos años decidí terminar con mi primer matrimonio por motivos que no vienen al caso, mi mujer me dijo que era un machista y un misógino. Habló sin reflexionar, por no estar conforme, pues conociendo como nadie la exacta acepción y hasta la etimología de cada palabra, sabe que las palabras que profirió no eran correctas. Yo no soy de pegar a las mujeres, ni disfruto lastimándoles el corazón. Prefiero a las que ya vienen lastimadas por otro; mujeres traicionadas, por ejemplo, mujeres con rabia, cabreadas. Pero nada es comparable a las esposas que enviudan aún jóvenes y fieles. Esas que se agarran al féretro cerrado en el funeral del marido, fallecido en un accidente horroroso. No puedo evitar tener la imagen de esos funerales sin pensar en quién será el primero en tirarse a la viuda, en cuánto tiempo resistirá ella, en los sentimientos confusos que la llevarán a sucumbir y entregarse. También aprecio a las mujeres que lloran durante el orgasmo. Y yo finjo: ¿estás triste? ¿Te duele? Lo cierto es que existe un misterioso vínculo entre la compasión y la perversidad.

Río, 24 de enero de 2019

Al administrador del edificio Saint Eugene:

Soy la doctora Marilu Zabala, residente del 201, y me dirijo a usted en nombre de la gran mayoría de los apartamentos del Saint Eugene, estoy segura. El nuevo inquilino del 702 —dicen que es un escritor, pero nunca he oído hablar de él— no tiene, evidentemente, la obligación de saludar a sus vecinos, ni de limpiarse la suela de los zapatos embarrados cuando llega de la calle. No puedo exigir civismo por su parte, y nunca le he reprendido por usar el ascensor exclusivo vestido en pantalones cortos o, a veces, sudado y sin camisa, cosa que, por otra parte, prohíbe nuestro reglamento interno. Sin embargo, presento esta queja apelando a mi seguridad y tranquilidad, así como a las de los demás residentes. Aparte de que este ciudadano sube comida y bebida a altas horas de la noche, he oído decir que hay un intenso movimiento de mujeres en su apartamento. En dos o tres ocasiones, desde mi ventana, he tenido el disgusto de ver algunas prostitutas —perdón, pero la palabra es la que es, porque ni siquiera podrían clasificarse como acompañantes, escorts o eufemismos similares—, prostitutas saliendo de un Uber para subir a la séptima planta. Son profesionales del más bajo estrato, y no lo digo por su fisonomía, pues soy juez federal y no tengo prejuicios sobre el color de la piel, sino por la manifiesta falta de compostura con que se visten y por cómo hablan gritando palabrotas por el móvil. No me extrañaría nada que en breve empezara a haber orgías en el 702, con gente entrando y saliendo de madrugada, asustando a los niños, perturbando nuestro sueño y gritando en la calle, con evidentes perjuicios a la buena reputación del edificio Saint Eugene.

A la espera de que tomen prontas medidas,
Marilu (201)

25 de enero de 2019

Apartamento de alto *standing* en la manzana de la playa de Leblon, amplio salón de tres ambientes con sol por la mañana, comedor, lavabo, cuatro suites, una de ellas con *walk-in closet*, sala de estar, cocina abierta gourmet, zona de servicio con dos dependencias para las empleadas, ocho plazas de garaje, R$ 16.7000.000,00.

Visto desde aquí arriba, el barrio no es muy distinto de una favela. El desorden de edificios sin tejas se parece a un montón de cajas de zapato sin tapa, en una zapatería revuelta un día de liquidación. Sin embargo, durante unos años llegué a ser feliz en algunos de esos edificios, me casé, tenía amantes, comía, bebía, jugaba al póquer con amigos, frecuentaba oficinas, consultas, papelerías, peluquerías, zapaterías y demás. Pero últimamente ya no hago nada de eso, es como si hubiera pasado una temporada fuera y, en mi ausencia, el restaurante se hubiera convertido en una farmacia, la farmacia en un banco, el banco en una cafetería, y los residentes hubieran sido sustituidos por otros, que tuercen el gesto cuando me los cruzo, como si fuera un inmigrante, un pobretón. Esta gente no sabe que he vivido durante los últimos años en la avenida más noble del barrio, con la hermosa Rosane, que también ha cambiado, y que seguramente hoy también me considera un extraño; la última vez que Rosane me dirigió la palabra, fue para decir que me he vuelto un tipo antisocial. Antisociales fuimos los dos hasta hace poco, una pareja solitaria durante los años dorados de nuestro matrimonio. Cantábamos a dos voces en la ducha, escuchábamos jazz en la cama, veíamos series en la televisión, cocinábamos, pedíamos ostras frescas a domicilio, y si dejó de correr el champán toda la noche, fue porque empezó a escasear mi reserva de derechos de autor. En la misma sala donde yo escribía en el ordenador, ella instaló una pizarra para diseñar sus proyectos de decoración o interiorismo, según le daba; salía sola alguna que otra vez para visitar a sus clientes, así como yo deambulaba solo entre las dunas en busca de inspiración. No sé en qué momento ella empezó a pensar que me faltaba ambición, que yo debía firmar columnas en algún periódico importante, que mis libros se encallaban porque no tenían *punch*, hasta que al final me acusó de envidiar su éxito profesional. Creo que fue cuando se puso a decorar la casa de su actual *affaire*, un viejo que hizo fortuna cultivando soja en la Amazonia y que, por entonces, estaba casado con una mujer de la alta sociedad. Estando nosotros aún juntos, ya los había visto uno al lado del otro en las fotos de las revistas, Rosane, el viejo, la cornuda y un montón de caras conocidas, asistiendo a ceremonias y fiestas cívicas a las que nunca fui invitado. Aunque lo hubiera sido, no habría ido, porque no habría tenido ni zapatos dignos para entrar en el Copacabana Palace, el Country Club o la mansión del viejo en Cosme Velho. Si me encontrara a Rosane, aunque no me apeteciera, sería capaz de estamparle un besazo en la boca para que el vejestorio y todo el mundo lo vieran.

São Paulo, 27 de enero de 2019

Querida Maria Clara:

Solo una prolongada amistad como la nuestra me permite escribirte este mensaje, rozando los límites que me imponen la discreción y la ética profesional. Se trata de un asunto delicadísimo, y ya habrás adivinado que quiero hablarte de Duarte, cosa que no quise hacer mientras estuvo casado con aquella «artista» y vuestra relación se agrió. Incluso me solidaricé contigo desde la distancia, al verlo lanzarse a tal aventura hace tres o cuatro años, seguro que no más de cinco, cuando publicamos su última novela. Desde entonces, Duarte ha prometido y aplazado varias veces seguidas la entrega de nuevos originales. Hasta que el otro día, a modo de hipoteca para un nuevo adelanto, me envió los esbozos «algo desmañados» de una novela que, por lo que parece, la editorial se verá obligada a rechazar. La simple lectura de las primeras páginas ya evidencia lo importante que fuiste para la carrera de tu marido, mucho más allá de la revisión gramatical previa que hacías, bien por amor o por compañerismo, con el objeto de ahorrarle mayores disgustos. Por poco no me rendí a las habladurías que corrían por esta casa, según las cuales tú reescribías sus libros de cabo a rabo. No te asustes, Maria Clara, no voy a sugerirte que restaures un matrimonio en nombre de la «literatura patria». Pero sí espero que contemples la posibilidad de una reaproximación intelectual, pues es indispensable para el futuro de nuestro Duarte, aunque solo sea porque es el padre de tu hijo.

Un abrazo fraternal,
Petrus

P. D.: La editorial debe de haberte enviado ya la última novela de H. Balthasar. Te ruego que no empieces todavía a trabajar, ya que su agente literario nos ha dicho que quizá quiera probar un nuevo traductor. Debe de haber algún malentendido.

30 de enero de 2019

En su deslumbrante palacete de Cosme Velho, el empresario Napoleão Mamede, acompañado de la arquitecta Rosane Duarte, recibió a los selectos invitados para la presentación del orfeón Nossa Senhora de Fátima, instituto musical benéfico que dirigen Maria da Luz Feijó y su cónyuge, el maestro Amilcare Fiorentino. Bajo la dirección de Fiorentino, una orquesta de cámara y un coro de veinte personas brindaron a los afortunados un refinado repertorio operístico. El momento apoteósico de la noche se dio con la entrada en escena de Everaldo Canindé, un muchacho de color y de origen humilde, que emocionó a todos con su voz de castrato con el aria «La reina de la noche» de Mozart.

31 de enero de 2019

Hojeo sin ánimo las páginas de política, busco las de fútbol, las de cine, los clasificados, pero por en medio me topo con un anuncio fúnebre. Ha fallecido Fúlvio Castello Branco Jr., que estudió conmigo en el colegio Santo Inácio y con el que a veces bebía en el Country. Hace unos años que vendí el título de participación del club, perdí a Fúlvio de vista, y con cierta melancolía bajo la cuesta hasta el paseo marítimo, donde el sol de la mañana me da de frente y se refleja sobre las fachadas bruñidas de los edificios costeros. Como una antorcha de luz que se distingue en la distancia, la fea estatua bañada en oro sigue firme en la ventana abierta de Rosane, con faja presidencial y todo. Hoy le doy la razón a Rosane cuando censuraba mi comportamiento antisocial. Si en la época de Maria Clara fui un autor prolífico, seguramente fue porque en vez de pasar de largo aprovechaba los encuentros fortuitos en los paseos como este. En los chiringuitos de Ipanema donde me paraba a tomarme un agua de coco, cada tipo con el que me entretenía podía servirme de inspiración para un futuro personaje; incluso individuos que nunca en su vida habían abierto un libro podían entrar, de repente, en el mío. Muy de vez en cuando, algún compañero que conocía mi oficio preguntaba: ¿y las novelas, Duarte?, ¿para cuándo la próxima? Aquello me henchía de vanidad, pero yo no me extendía en la respuesta, porque la playa, aunque me sirviera de discreta inspiración, no es un lugar para hablar de literatura. De literatura me bastaba con la que oía de la boca de

Maria Clara, que no hablaba de otra cosa y jamás se bañó en el mar.

Cuando llego al paseo de Copacabana, considero que merece la pena alargar el trayecto y cruzar el túnel para ir al cementerio São João Batista. No cuesta nada pasar por el velatorio para despedirme de Fúlvio, que podría figurar en mi próxima novela con el rostro céreo de un difunto. A la puerta de la capilla abarrotada, veo a muchos hombres de mi edad, la mayoría en traje y corbata, entre ellos, posiblemente algunos compañeros del San Inácio a los que no recuerdo. Por suerte, dentro también hay muchos jóvenes vestidos con ropa informal, porque tal como voy, en chándal y zapatillas, ya empezaba a sentirme discriminado. Por las murmuraciones que corren por la capilla, he sabido que Fúlvio sufrió un terrible accidente de moto y, al aproximarme al ataúd, veo que está cerrado. Junto a este está la viuda, que me asombra por su juventud, rodeada de otras muchachas que, al igual que ella, son poco más que adolescentes. Es del tipo menudo, lleva un traje de chaqueta negro, tiene la cintura fina, todo su cuerpo se sacude con los sollozos, y las lágrimas caen por sus mejillas sonrosadas. Cuando intento abrirme camino para darle el pésame, alguien me toca con el dedo en la espalda y me llama por mi nombre. Para mi estupor, es el propio Fúlvio en carne y hueso, que me abraza con fuerza y, con voz trémula, me da las gracias por estar presente: tenía veinticinco años, Duarte, veinticinco. Entonces caigo en la cuenta de que el Fúlvio que se ha muerto es el hijo, y el imprevisto ni siquiera me permite pronunciar las palabras de costumbre. Le doy otro abrazo y me despido, pero él sugiere acompañarme hasta la salida. Parece sincero cuando me dice que se ha alegrado de volver a verme, y lamenta no haberme visto más en los *happy hours* del Country. Después de otro abrazo, me pregunta con la voz aún tomada: ¿Y las novelas, Duarte, va a salir ya la próxima?

1 de febrero de 2019

Dios me libró de tener un hijo con Duarte. Por la manera en que pasaba del coñazo de hijo que tuvo con su primera mujer, yo ya sospechaba que no sería un buen padre. Lo que pasa es que en aquella época yo quería ser madre a toda costa, aunque fuera para que la otra se muriera de celos. A los treinta y cinco, ya me acercaba al límite de un embarazo seguro y, por si acaso, durante meses Duarte y yo follábamos noche y día, no solo en mis días fértiles. Como no me quedaba embarazada ni parecía tener problemas de ovulación, el ginecólogo sugirió que Duarte se hiciera una prueba de fertilidad. Este proporcionó la muestra de esperma al laboratorio, que obtuvo de una simple paja en mi presencia, y descubrieron que padecía azoospermia, o sea, que era estéril. Se puso como un loco, se empeñó en que estaba criando a un hijo que no era suyo, sino posiblemente de algún escritor de mierda, uno de esos gringos que vienen a emborracharse a las ferias literarias. Yo, que entonces aún estaba en mi fase feminista, salí en defensa de su ex en nombre de la susodicha sororidad. Convencí a Duarte de mantener la calma, de no humillar a la bruja de su ex con querellas y pruebas de ADN, ni desmoralizarla en la editorial, donde tenían amigos en común. Le recordé que el médico había explicado que la obstrucción de los conductos podía ser consecuencia de una infección venérea o de algún traumatismo reciente. Según el doctor, con una sencilla intervención quirúrgica, como la que revierte la vasectomía, recuperaría la capacidad reproductiva de un semental. Pero Duarte siguió con la mosca detrás de la oreja, no quiso ni oír hablar de cirugía y, a partir de ese momento, dejó de buscarme en la cama. En esa época empecé a trabajar en el proyecto luminotécnico de la umbría residencia de Napoleão Mamede en Cosme Velho. En sus ahora resplandecientes salones, tuve la oportunidad de asistir a reuniones con académicos, magistrados, economistas, religiosos, politólogos y otras figuras preeminentes de nuestra sociedad. Yo, Rosane, que siempre fui una tonta, empecé a interesarme por debates sobre el rumbo que tomaba el país, mientras Duarte, con el diablo en el cuerpo, se dedicaba a las putas. Dios me libró de tener un hijo con Duarte.

2 de febrero de 2019

Buscando algún estímulo para adelantar el trabajo, Duarte decidió releer en voz alta sus novelas. Empezó con la primera, *El eunuco de la Corte Real*, pensando que nadie se daría cuenta si autoplagiaba algún que otro párrafo escrito casi veinte años atrás. El texto de *El eunuco* también tenía la ventaja de estar redactado en tercera persona, por un narrador omnisciente, lo cual lo liberaría de algunos tics autorreferenciales. Agarrado al libro, que podría consultar en cualquier momento, Duarte salió hablando solo cuesta abajo hasta plantarse en medio de la calle, como fulminado.

Tuvo una idea absolutamente genial, que tenía que plasmar sobre el papel sin más demora. Más práctico que subir otra vez a casa, era ir hasta un chiringuito de la playa que había justo allí. Pidió urgentemente al dueño que le dejara un bolígrafo Bic y una servilleta de papel, pero este le dijo que no.

—¿No?

—No.

—¿Y por qué no?

—Porque no.

—¿Me lo quieres vender?

—No.

No convenía enfrentarse al hombre, que tenía cara de luchador de MMA y los brazos grandes como muslos, grises de tantos tatuajes.

—Pues solo el boli —casi imploró Duarte, pensando en transcribir la genial idea en la guarda de su libro.

—No.

—Por favor, es importante.

—Pues te jodes.

Entonces vio subir al chiringuito a una bajita garbosa a la que ya había visto en la arena, una que jugaba de levantadora en el vóley de playa.

—Hola, tío.

La conocía, pero no sabía de dónde.

—¿Tienes un boli?

—Claro.

De la mochila sacó un estuche que abrió como un fuelle, con una formidable hilera de bolígrafos de todos los colores. Duarte escogió uno rojo y, con gran ansia, se puso a anotar la genial idea, desarrollándola en los espacios en blanco del libro. Aún no había terminado de escribir cuando una ola gigantesca estalló contra la acera y se llevó por delante sillas, mesas, sombrillas, al troglodita del chiringuito, a la chica del vóley y a Duarte. Después de dar tres vueltas en la avalancha salada, Duarte emergió, desesperado, en la acera contraria de la avenida:

—¿Dónde está el libro?

—Está aquí —dijo la muchacha, saliendo del lago formado en el garaje subterráneo del edificio de Rosane, con el libro empapado en la mano.

El libro estaba entero, pero en blanco; el mar había lavado no solo la idea genial, sino todas las letras impresas. Una risa nerviosa acometió a la muchacha y, llorando de la risa, se colgó del cuello de Duarte, que en ese momento se sorprendió de tener en sus brazos a la viuda de Fúlvio Jr. Al instante, se vio en su casa con ella, que, en biquini, se echó de bruces en el sofá y rompió a sollozar. Cuando se disponía a consolar a la viuda, empezó a sonar el timbre sin parar. Debía de ser una vecina histérica o, peor, la policía, y Duarte temió que la muchacha fuera menor de edad. Fue llegar a la puerta, y el timbre dejó de sonar. En el pasillo no había nadie. Corrió a aliviar una urgencia urinaria, cuando sonó el interfono. Era el portero:

—Su hijo le estaba buscando, pero ya se ha ido.

Duarte vuelve a la cama para intentar reanudar el sueño. Ahora se debate entre soñar con la viuda que se ha desvanecido, o con la idea genial que se ha esfumado. En eso que la muchacha vuelve a aparecer, sentada en el sofá, desnuda, con un acordeón sobre el regazo. Cuando ella toca una nota larga y triste en el instrumento, Duarte reconoce su letra en los pliegues de cartón del fuelle abierto. Se apresura a leer una parte de la idea genial, pero no le da tiempo, porque la chica cierra el acordeón, lo abre y lo cierra cada vez más rápido en una melodía frenética, hasta que cae al suelo desfallecida. Duarte acude a socorrerla, cuando la puerta se abre desde fuera, y aparece su hijo con un labrador. Los reconoce, pero por el perro, porque su hijo ha crecido y lleva toda la cabeza vendada. Tras disputar una carrera por el apartamento, el chico se pone a tocar el muslo de la viuda, y el labrador le huele el culo.

—¡Ya está bien! —grita Duarte.

Aterrado, el niño corre hacia la ventana y se arroja de cabeza desde aquella séptima planta, y el labrador lo imita.

—¿Y ahora qué?

—Ahora la que se larga soy yo —dice la viuda, y sale volando.

3 de febrero de 2019

Querido, reproduzco más abajo la carta que te envié y que nuestro hijo ha tenido la gracia de perder.

Querido:

En primer lugar, con esta carta pretendo propiciar un reencuentro entre padre e hijo, ya que hace que no os veis más de dos años, cuando por su noveno cumpleaños le regalaste un dinosaurio que pone huevos. Serás testigo de los progresos del niño, que ya tiene libertad para dar vueltas el solo sin que yo me tire de los pelos. El buen resultado de la terapia y los medicamentos es considerable; actualmente son raros los episodios de descontrol motriz que, como bien sabes, hasta el año pasado me hacían pasar noche tras noche en urgencias. También va solo en autobús a la escuela, donde casi ya no presenta cambios de humor bruscos ni trastornos de déficit de atención. Además de ser popular entre sus compañeros, es amable con los residentes y empleados de los edificios vecinos, y hasta me extraña que aún no te hayas cruzado con él en tus paseos diarios. Además, ni falta hace que te diga que tuve una grata sorpresa al enterarme de que vives en el vecindario.

Me arrepentí, y te pido disculpas si fui invasiva al mandarte a Virginia, la gata, a modo de bienvenida, en cuanto supe que estabas aquí al lado. Pensé que una felina sería una buena compañera para un escritor solitario; respecto a esta afinidad, existen ejemplos de sobra entre los exponentes de la literatura. Desgraciadamente, he sabido por los constantes cotilleos de los porteros de nuestra calle, que la minina se arrojó por la ventana al poco de su breve convivencia contigo. Si te interesa una sucesora, no dudes en comunicármelo, porque tengo una relación excelente con la tienda de animales del barrio. Pero no dejes de instalar redes de protección en todas las ventanas, aunque sea por la seguridad de nuestro hijo.

Una benévola intromisión de nuestro querido editor me puso al corriente de tu proyecto literario más reciente, del cual tuvo una buena impresión inicial. Solo cree que irían bien unos ajustes y, con su galantería habitual, sugiere que yo soy la persona indicada para ayudarte. Sé que no necesitas ayudantes, querido, solo considero que las actividades a las que te has dedicado durante los últimos años te han propendido a cierta dispersión mental. Imagino que en tu nuevo apartamento, con o sin gato, dispones del tiempo y el sosiego necesarios para ejercitar tu gran talento. De cualquier modo, como siempre, estoy a tu disposición para lo que haga falta, incluso para asuntos cotidianos. Me han informado, por ejemplo, de que ya no dispones de una empleada que te prepare las comidas. Si aún te gusta la polenta frita, acércate a la hora que quieras, ya que estoy todos los días sola o con el niño. Además, debo confesarte que echo de menos un amigo con quien compartir mi inconformismo sobre lo que están haciendo con el país. ¿Y si acaban vigilando nuestra correspondencia? ¿O quemando nuestros libros? Por cierto, mantengo intacto tu despacho, y no he tocado la estantería giratoria con los diccionarios y las gramáticas, que seguramente te habrán hecho falta.

Un beso,
Maria Clara

6 de febrero de 2019

Perdona nuestras deudas, así como nosotros… A través de la precaria caja de sonido, la voz del cura parece corregirme: perdona nuestras ofensas, así como nosotros perdonamos a los que nos ofenden. Ha cambiado el padrenuestro, ha cambiado la liturgia, pero todas las iglesias que conozco huelen igual que siempre. Es un olor inmanente, tal vez a piedra, que subyace bajo el de flores e incienso, y el del perfume cargante de los meapilas, un olor que me transporta a los tiempos de colegial. Ya de adulto, se me quitó el miedo a la misa, al ostensorio, al corazón expuesto, al Crucificado, se me quitó el miedo que le tenía al cura, a la sotana del cura, al tono del cura, al olor a rancio del cura que me infundía pavor al infierno. Pero entre las cosas que ensombrecen los pensamientos de un niño, algún resquicio siempre permanece. El aire que hoy respiro en las iglesias debe de tener el olor del miedo que sentía entonces. Al salir de la iglesia, los conocidos de la familia ya no tienen la cara compungida que tenían en la fila de las condolencias. Hablan alto, algunos ríen alto, elogian el plan económico del gobierno, quedan para ir a un restaurante, se abrazan, se besan y se dicen que te vaya bien de camino a sus coches. Incluso la muchacha viuda, rodeada de alegres amigas, parece casi recuperada, con lo que para mí ha perdido parte del encanto que tenía a primera vista. Si pudiera, me quedaría con su madre, de unos cuarenta y pocos, a la que, de pasada, oigo quejarse de los frecuentes atracos en el barrio. Bajo las primeras gotas de lluvia, en la manzana siguiente ya ando solo, porque los que no habían cogido el coche se han metido en uno de los bares de la plaza. Un cuatro por cuatro se me acerca y, desde la ventana entreabierta, Fúlvio me pregunta si voy a pie. Ahora ya llueve de verdad, pero prefiero decirle que voy a coger un taxi, porque no quiero explicarle que vendí el coche o que tengo la manía de caminar bajo la lluvia. Sea como sea, argumento que no tiene sentido que me lleve, porque él vive allí mismo, en la Lagoa, y yo en lo alto de Leblon. Fúlvio casi me ordena que me acomode en el asiento de atrás, y su esposa, que está a su lado, tiene los ojos hinchados y una caja de pañuelos de papel sobre el regazo. Es una señora que antes de engordar debe de haber sido muy guapa; sus suspiros y gemidos, así como los golpes de lluvia sobre la carrocería, entrecortan el silencio del coche. Fúlvio no rompe el silencio hasta llegar a la calle Jardim Botânico, para afirmar, casi en un susurro, que ha pensado mucho en mi marinero. Se refiere al marinero que pierde un hijo en una novela que escribí y que había olvidado, y que él leyó el verano pasado, por recomendación de Denise:

—¿Te acuerdas, Denise?

Denise se mantiene ajena a la conversación, sorbiendo por la nariz y sonándose. Según Fúlvio, ella le dio a conocer mis novelas; hasta hace poco, él solo leía algún que otro best seller, sin contar con los manuales y tratados de derecho. Últimamente ha recurrido sin pudor a los libros de autoayuda, que le han permitido vivir el luto y le han dado fuerzas para apoyar a Denise. Vuelve a imponerse el silencio en el coche, mientras fuera anochece antes de hora y, al arreciar la lluvia, la calle empieza a inundarse.

—Vámonos a casa. —La voz de Denise es más vieja que ella, de fumadora.

Un destello atraviesa la noche y no sé si es el rayo o el trueno lo que sacude el vehículo. Delante de un charco, una auténtica piscina en el asfalto, algunos motoristas titubean. Fúlvio sube a la acera con dos ruedas, pisa a fondo, salpica agua a diestro y siniestro y rebasa el charco, que no cubre el parachoques por poco.

—Llévame a casa, Fúlvio.

Le insisto a Fúlvio en que me deje en el próximo semáforo rojo, porque el canal que hay de camino a mi casa acostumbra a desbordarse. Pero las señales de tráfico están averiadas y Fúlvio sigue recto, confiando en la potencia y la altura de su cuatro por cuatro. Entonces le pido que me deje en el Jockey Club, donde el restaurante suele servir un buen Strogonoff por las noches.

—¿Quién es este hombre?

—Es Duarte, cariño. Fue mi mejor amigo en el Santo Inácio.

—¿Y ese hombre quién es?

—Ya te lo he presentado, Denise, es Duarte, el escritor que tanto te gusta.

—Pero ¿quién es ese hombre?

La tormenta amaina un poco, aunque el viento sigue sacudiendo los almendros de la calle. Conseguimos avanzar algo, y Fúlvio intenta distender el ambiente, diciendo que Denise lee toda clase de literatura, incluso a los franceses y alemanes en original, pero que su especialidad es la antropología.

—No estoy loca.

—Claro que no, Denise.

El canal no se ha desbordado como yo temía, y cuando estamos a punto de coger la cuesta que sube a mi casa, se oye un estallido y un intenso crujido, como un lamento procedente del centro de la tierra. A nuestra izquierda, pocos metros más adelante, uno de esos ficus gigantes de doscientos años empieza a caer a cámara lenta sobre la vía, llevándose con las raíces el cemento de la acera. Sin tener tiempo para frenar, Fúlvio acelera bajo el hueco del árbol que cae y, al instante, justo después de pasar nosotros, se desmorona. A continuación, aparca para atender a su mujer, que se ha echado a temblar. Se pone a rebuscar en su bolso:

—¿Dónde está el medicamento, Denise?

—No estoy loca.

Fúlvio arranca el coche, gira a la derecha y sube, disparado, por mi calle, iluminada solamente por los faros del vehículo. Con repentinos volantazos, esquiva las ramas que han caído en la carretera, así como la amenaza de un poste torcido, sostenido por los cables de luz que debería sostener. Al fin, llegamos a mi casa, pero no les invito a subir porque se ha ido la luz y hay que afrontar siete plantas de escalera.

–Gracias, Fúlvio, no hacía falta. Mis condolencias otras vez, Denise.

Antes de cerrar la puerta, todavía oigo preguntar:

–¿Quién es ese loco?

Río de Janeiro, 09/02/2019

NOTIFICACIÓN EXTRAJUDICIAL

Apreciado señor:

Le notificamos que, a efectos del artículo 726 del Código Civil [...] Usted firmó un contrato de arrendamiento [...] El arrendador nos ha comunicado que, hasta la fecha presente, los alquileres de los meses de noviembre y diciembre de 2018 y enero de 2019 no se han pagado, conforme la cláusula [...] por lo que el IMPORTE actualizado asciende a R$ 12.772,00 [...] solicitamos que en el plazo máximo de 05 (cinco) días, se manifieste de forma expresa, tomando la debida de amortización de la deuda existente [...] nos tomaremos la libertad de tomar MEDIDAS JUDICIALES correspondientes [...] Puesto que estamos seguros de su comprensión y colaboración, quedamos a su disposición para lo que fuera necesario.

Atentamente,

Departamento Jurídico

Compañía de Seguros Hampshire

12 de febrero de 2019

Tengo el pálpito de que, tarde o temprano, volveré a vivir con Maria Clara. No tan tarde como para que se sienta utilizada como una especie de cuidadora con la que me resulte cómodo terminar mis días. Ni tan pronto como para que se sienta imprescindible, pensando que yo solo sería incapaz de escribir mis libros. Mientras voy pensando en ella, al pasar por delante de su portal me encuentro a nuestro hijo. Viene del autocar escolar dando saltos y, al acercarse, reduce el paso hasta detenerse a un metro de mí. Nos quedamos un rato mirándonos, y me hace gracia que se parezca a mí en algunos detalles, hasta el de colocarse la polla en el lado derecho del pantalón. Puede que sufra *bullying* en la escuela, como lo sufrí yo cuando la palabra ni existía, por ser el único de la clase que tenía la polla invertida. Y no servía de nada torcerla a la posición estándar, porque tenía vida propia, volvía sola, no se quedaba allí ni que la pegara con esparadrapo. A falta de intimidad para tratar de estos asuntos con mi hijo, lo saludo, a lo que responde con una pedorreta. Y corre al interior del edificio hasta el ascensor, donde espera con la puerta abierta, como si me desafiara a seguirlo. Seguramente le gustaría que reanudara la relación con su madre, del mismo modo que de pequeño yo rezaba para que la mía regresara al hogar. También es natural que me culpe de haberme ido de casa, igual que yo odiaba a mi padre por permitir que mi madre lo abandonara. Pero si yo volviera con Maria Clara no saldría bien, en cuanto yo quisiera disfrutar de la vida de soltero, del mismo modo que mamá no se habría quedado tranquila con mi padre ni con esparadrapo. Cierto que regresó al hogar unas cuantas veces, además con su hermosura intacta, pero al poco volvían las llamadas misteriosas telefónicas, y las discusiones maritales a puerta cerrada. Sobrevenían nuevas temporadas de desaparición, que yo disculpaba porque recibía postales del extranjero con su recordatorio: mamá te quiere. Su error fue llamar a la puerta de casa al final de su vida, como una visitante calva a la que no reconocí. No tenía ni cuarenta años, pero cuando mi padre la llevaba en la silla de ruedas paseando por la plaza o a las sesiones de quimioterapia, parecía su madre. Hasta la llevaba al club, a inauguraciones, a conciertos y espectáculos de danza, orgulloso de exhibirla en sociedad. A los pocos meses, la enterró en el São João Batista, y no tardó ni una semana en tomar sus propias medidas para reunirse con ella en el mismo panteón.

13 de febrero de 2019

—Ah, tú otra vez. ¿Qué pasa ahora? Ya te he dicho que no. No tengo nada que reflexionar. Claro, es que me estás molestando. Para que lo sepas, yo estoy muy bien. Ahora ya no, pero el otro día su hijo sospechó. Claro, yo me llevo bien con toda la familia. Para que lo sepas, yo soy de la familia. De momento no, pero a finales de año nos vamos a casar. Ah, Duarte, peor que el nuestro no será. Claro, tú vivías escondido en casa como un armadillo. ¿Yo? Eso no tiene ninguna gracia. Mira, tío, voy a tener que bloquear tu número. No te echo nada de menos, que no te enteras. Ya tuviste suficiente, Duarte. Ya lo sé. ¿Qué admiradores? No me hagas reír. Si hace siglos que no publicas una mierda. ¿Una nueva novela? Ya puedes publicar, ya, porque ¿a quién le puede interesar todavía un libro que solo habla de porquerías y gente miserable? ¿Que soy una escaladora social? Yo tengo educación, gilipollas, sabes perfectamente que mis padres eran diplomáticos. Napoleão es un gran empresario, para que te enteres. ¿Celos de qué?, si no sabe ni quién eres. Esas cosas no se preguntan. Ya lo sé. ¿Qué hay entre tú y yo? Yo ya ni pienso en esas cosas, gracias a Dios. Voy a colgar. Para ya, tío, muestra un poco de respeto. Never, my dear, no chance. Para, voy a colgar. Dime, te escucho. No tienes remedio, Duarte, voy a colgar.

15 de febrero de 2019

En todas partes, los clubs de élite tienen unas normas rígidas; por ejemplo, es más fácil que un camello pase por el ojo de una aguja que un nuevo rico entre en el Country Club. Una sentencia así debería aplicarse a gente como el amante de Rosane, y no a mí, que heredé el título de mis padres y siempre fui apreciado por los empleados. Sin embargo, enseguida comprendí que un exsocio se convierte en un ángel caído, y si no me han tratado con más desdén es porque he entrado con una invitación de Fúlvio Castello Branco. Fúlvio cree que es paranoia mía, no ve señales de hostilidad en las miradas que me lanzan los asiduos a la terraza donde nos tomamos el gin-tonic. Al contrario, dice que hasta podría tratarse de un prejuicio por mi parte al desvincularme del club, como le pasó también a su mujer, que está podrida de dinero y se relaciona con gente rica. Lo que pasa es que vendí el título para hacer frente al tren de vida de mi matrimonio, cuando me fui a vivir con Rosane delante de la playa de Leblon y casi me arruiné. Fúlvio muestra interés por mis finanzas y me pregunta cuántos libros he publicado, cuántos he vendido en promedio, qué porcentaje me corresponde y, aun con los números inflados que le proporciono, lamenta mis humildes ganancias. Confía en que mis novelas sean adaptadas al cine, y calcula que, con un buen guion, incentivo fiscal y campaña publicitaria, una película puede reportar millones. O tal vez no, porque en épocas de austeridad como la que estamos viviendo, la gente que ahorra algo de dinero para ocio no se lo gastará en ir a ver cine nacional. Así y todo, su bufete de abogados tiene clientes poderosos, entre ellos, empresas multinacionales influyentes en las más diversas áreas. Si llegara a un buen acuerdo, incluso podrían participar en la producción de esas películas en el exterior, lo que me abriría una nueva ventana de oportunidades, según sus palabras.

El sol se pone y los socios se van marchando del club, señores que saludan compasivos con la mano a Fúlvio, y muchachos musculosos junto a chicas esbeltas que pasan sin despegarse del móvil. Sonriendo, me pregunto si esos jóvenes entrarán algún día en una librería, sin que se me escape la manera en que Fúlvio los acompaña con la mirada: tienen la edad de su hijo. Después de quedarse un buen rato callado, pide dos últimos tragos de ginebra pura a un camarero al final de su horario de trabajo, con el club a media luz. Con los ojos inyectados en sangre, se pone a hablar de su mujer, que ya sufría de los nervios de unos años para acá y ahora no consigue superar la pérdida de Júnior. Denise insiste en que su marido se jubile cuanto antes, para que se la lleve a vivir definitivamente a la hacienda de la sierra, en vez de pasarse lo que le queda de vida ejerciendo de abogado para unos granujas. Para ella, el mundo de los negocios es una tremenda sinvergonzonería, sobre todo cuando envuelve a gente del gobierno. Aunque no siempre esté de acuerdo con la ingenua Denise, Fúlvio no deja de lamentarse del «todo vale» cuando se trata de dinero, de las desigualdades sociales y de los otros tantos males del país.

Dispuesto a volver a casa a pie, al salir del club rehúso el ofrecimiento de Fúlvio a llevarme en coche, y me dice que en la hacienda él también dedica tiempo a dar largos paseos. Opina que las endorfinas y la serotonina que liberamos así, no solo proporcionan una sensación de bienestar, sino que además mejoran las funciones intelectuales: prepararse para la defensa de un caso peliagudo, querido amigo, no exige menos creatividad que escribir ficción. Escribe pensando en una película de acción, me dice desde la ventanilla del coche, mientras cruzamos simultáneamente la verja del club. Cuando está a punto de coger la calle, frena, baja del coche de un salto y viene hacia mí gritando: ¡Vete de aquí, golfo!, ¡largo, porrero! Con una expresión trastornada, me pasa de largo, cegado, y va derecho a un hombre que está tumbado en la acera, recostado contra el muro del club. El sujeto, con cara de indio viejo, se levanta con dificultad después de encajar unas patadas en las costillas. Se aleja tambaleándose, con Fúlvio a la zaga, amenazándolo con llamar a la policía si no desaparece de su vista. Cuando intenta correr, el indio derrapa y se apoya en el muro, de donde Fúlvio lo arranca de un tirón y por poco lo lanza contra el asfalto. El tipo se tambalea en el bordillo y, cuando está a punto de caerse, da una cabriola desmañada, otros tantos traspiés y se precipita contra el muro, como si se lanzara a besarlo. Esto parece molestar mucho a Fúlvio, que vuelve a agarrarlo para apartarlo de la tapia y lo tira al suelo poniéndole la zancadilla. Le propina unas patadas en los riñones, otra en toda la boca y deja al hombre sin aliento, tirado en medio de la calle. En cuanto Fúlvio se vuelve de espaldas, el indio viejo rueda sobre sí mismo poco a poco, hasta conseguir acomodarse, apoyando el culo contra el muro del club.

20 de febrero de 2019

Algunas mañanas bajo las persianas para no ver la ciudad, del mismo modo que antaño me negaba a hacer frente a mi madre enferma. Sé que en ocasiones el mar amanece manchado de negro o de un marrón espumoso, con unas sombras que se extienden del pie de la montaña a la playa. Sé que los niños de la favela se bañan y retozan en las aguas residuales del canal que une el mar a la laguna. Sé que en la laguna los peces mueren asfixiados y sus miasmas penetran en los clubs exclusivos, los palacios colgantes y los orificios nasales del alcalde. No me hace falta mirar para saber que hay personas que se arrojan al vacío desde los viaductos, que los buitres están al acecho, que en el cerro la policía dispara a matar. A pesar de todo, así como venero a la mujer incauta que me dio a luz, estoy condenado a amar y cantar a la ciudad donde nací. Aun hoy, ahora, encerrado aquí en la penumbra, mientras le doy vueltas a mi libro, mi libro, mi libro, mientras ando en círculos en el minúsculo salón de un piso, declaro que no pienso volver a poner un pie en la calle, ni para buscar a una mujer. También quiero mantener la distancia con los amigos, justamente porque ya no los tengo, o nunca los he tenido. En mi juventud, podía decir que apreciaba la compañía de algunos, podía incluso decir que pensaba como ellos, aunque no exactamente. Ese «no exactamente» suscitaba el porqué, el por culpa de, el por esto y por aquello y, en medio minuto, una amistad de años se desbarataba. Así fue como aprendí a amar en silencio a las mujeres que mucho amé, aunque no del todo. Y es que hoy, ahora, aquí, con los dedos sobre el teclado, no quiero saber nada de ninguna, ni siquiera de aquellas a las que evoco, intencionadamente o no, en las noches de vicio solitario.

En la pantalla que aguarda mi novela, redacto un mensaje al editor:

Querido Petrus:

Animado por la carta que enviaste a Maria Clara, te escribo para avanzarte novedades sobre nuestro tan ansiado libro. Creo que si mantengo el ritmo actual, en la reclusión de mi apartamento, en tres o cuatro meses tendré la criatura lista para imprenta. Así que sería una lástima que tu autor predilecto se viera obligado a interrumpir su trabajo en la recta final por acabar reducido a la condición de sin techo, debajo de un puente entre mendigos (risas). Adjunto una copia de una lamentable amenaza de desahucio que recibí el otro día. Puesto que nunca te he decepcionado en la historia de nuestra larga y productiva colaboración, cuento contigo, amigo, para recibir un último adelanto de derechos.

Un fuerte abrazo

23 de febrero de 2019

Para empezar por el principio, era un chiquillo del cerro del Vidigal cuando fue engañado por el pastor Jersey, de la iglesia de la Bienaventuranza, que lo mutiló para satisfacer el capricho de un maestro italiano. Su madre, fiel de aquella iglesia y cocinera del maestro, ya había pillado al pastor con las manos en las partes del niño, sin sospechar que sus intenciones iban más allá de la lascivia. El maestro opinaba que había que conservar y cultivar a toda costa aquella voz angelical, única en Brasil y acaso en el mundo, únicamente equiparable a la de los prodigios europeos de siglos anteriores. Lo cierto es que el inicio de la carrera del niño fue esperanzador y, entre bastidores, durante las primeras interpretaciones en el salón del orfeón Nossa Senhora de Fátima, la madre asistía con lágrimas en los ojos a la actuación de su negro, a punto de perdonar las perversiones del maestro en el pasado. Luego empezaron a entrar los primeros ingresos, que el pastor Jersey, en calidad de mánager, invertía en reformar la chabola del cerro del Vidigal, de donde en breve madre e hijo se mudarían a un lugar más decente. Los recitales de Everaldo Canindé con orquesta de cámara, antes restringidas a residencias particulares, empezaron a ofrecerse en auditorios, capillas, clubes de élite, allá donde estuviera el público más exigente y ávido de alta cultura. La madre preparaba ramos de flores para los camerinos, así como vinos, quesos, guayaba, bizcochos, tartas de chocolate, y se regocijaba de ver a su negro cada vez más fuerte. Al pastor Jersey no le pasaban desapercibidas alguna que otra risotada en la platea, a causa de los movimientos algo desgarbados del corpulento cantante, que contrastaban con la delicadeza de sus florituras vocales. No había dieta que subsanara el problema, pues a medida que se fue adentrando en la edad adulta, las paulatinas disfunciones hormonales no solo favorecieron aquella barriga, sino que contribuirían al desarrollo de unos pechos generosos. Entretanto, y desde hacía ya algún tiempo, el pastor-mánager iba por ahí a la caza de nuevos talentos, niños delgaduchos e impúberes de familias pobres, a los que sometía a la apreciación del maestro en su domicilio. Los pocos niños a los que aprobaba quizá no entendían bien que les aguardaba una mutilación, ni adivinaban que el exhaustivo proceso de educación musical previsto les robaría la adolescencia. Si bien cierto temor instintivo podía llevar a los pequeños a rechazar tanto el bisturí del pastor como la batuta del maestro, acababan por acceder gracias a la insistencia de las propias madres y el apoyo de los vecinos. Y así, Everaldo Canindé un día vio aparecer por el orfeón a otro negrito, oriundo del cerro de Babilônia. Se llamaba Ezequiel, y pasaba horas al piano en la sala de ensayos, repitiendo las mismas arias aclamadas en la voz de su ídolo. La madre de Everaldo, que presintió el peligro, arremetió contra el pérfido pastor, el maestro pedófilo y la andrajosa madre de Ezequiel. Su hijo la frenó como pudo, pues sabía que la estrella de una compañía necesita siempre a alguien de repuesto para una posible sustitución en caso de enfermedad o motivo de fuerza mayor. Para ser rigurosos, el negro del Vidigal no debía preocuparse por nada, pues el negrito de Babilônia no le llegaba ni de lejos a la suela del zapato, al menos para oídos educados. La voz procedente de la sala de ensayos lo incomodaba únicamente porque sonaba más como una parodia que como una copia. Sobre todo en los registros más graves, en los que el canto de Ezequiel parecía poner de relieve deliberadamente las deficiencias imperceptibles de Everaldo Canindé, que escapaban incluso al oído absoluto del maestro Amilcare Fiorentino. Ya como auténtico soprano, había que reconocer que la imitación era más perniciosa, porque se aproximaba a la perfección. Ezequiel alcanzaba aquellos agudos extraordinarios del rival, con el suficiente aliento para sostener notas largas con la misma afinación, aunque no exactamente. Faltaba ver cómo se portaría el crío al enfrentarse al público cautivo del solista titular. La madre de nuestro negro era capaz de recuperar sus prácticas de macumba para brindar al neófito un temblor de piernas, carraspeos y cagalera.

25 de febrero de 2019

También existe la categoría de los sueños lúdicos, cuando sabes que el sueño es un sueño, pero no ves la forma de salir. O la ves, pero no quieres salir, o sales y enseguida vuelves, porque lo de fuera es lo absurdo, o porque pretendes conducirlo a tu gusto, como si fueras un director de sueños. Como el que he tenido esta madrugada, en el que, mientras ando buscando compañía, avisto a una mulata alta y airosa en la plaza París. Qué honor, dice ella, cuando la cojo por la cintura y hago una seña a un taxi. En vez de un taxi, se para un furgón de la policía, del que saltan cuatro policías militares para saludarme con zalamería, porque me han reconocido de la televisión: no llevamos en coche a un premio Nobel todos los días. Les pido que no me molesten, y recostado en el fondo de la furgoneta, acaricio los pechos voluminosos y firmes de Yngrid, como la muchacha deletrea su nombre. Pese a ser una celebridad, aún no he hecho fortuna, e Ingrid parece demasiado vistosa para mi presupuesto. Cuando llegamos a casa y le pregunto por el precio, me guiña un ojo y me dice que dependerá de la presteza. La palabra «presteza» aún gira en mi cabeza cuando cruza las piernas en el sofá. Pide champán, pero se conforma con un licor de maracuyá, y por la raja del mono de seda exhibe unos muslos musculosos sin celulitis. Me pide que ponga música, pero solo tengo una radio, y a esa hora solo ponen música góspel. Se pone a andar por el salón con la copa en la mano, moviendo las caderas como un péndulo indolente, sin esforzarse por ser deseable. Como distraída, se detiene en la ventana para ver las vistas, se pasa la mano sobre un cabello alisado, cuando me acerco por detrás para morderle la nuca. Calma, guapetón, me dice, y me pregunta si puede ir al baño, de donde me llegan ruidos extraños. Vuelve solo en bragas, con un bulto entre las piernas que bien podría ser una compresa voluminosa, hasta que percibo un leve palpitar. ¿Y ahora qué? Pues yo qué sé. Otro en mi lugar habría molido a palos a la impostora. Pero como no soy machista, ni misógino, menos aún homófobo, no voy pelearme con esa mujer-hombre, que además es más fuerte que yo. Puesto que hemos venido desde el centro de la ciudad, ya que estamos semidesnudos junto a la cama, teniendo en cuenta la privacidad y la inviolabilidad de los sueños, considero la idea de experimentar con la cosa. Solo que no sé por dónde empezar y aún tengo que recuperar el ímpetu perdido, no tanto por el miembro escondido como por la visión de unas rodillas tan deformes. Cierro los ojos, procuro acordarme de ella vestida, cuando me da un beso con lengua. Entonces empieza a oírse un bullicio en el salón, donde identifico a los vecinos confabulando, como si hubiera una reunión de copropietarios en mi apartamento. Por lo que entiendo, están deliberando si expulsar al travesti del edificio Saint Eugene, sin siquiera contar con mi voto. A través de la puerta giratoria por la que sacan a Yngrid a rastras, entra mi padre, contumaz invasor de sueños. Se pasea a sus anchas por el salón, como si siguiera los pasos de aquella, pero con el cuerpo rígido bajo la toga de magistrado, chasqueando la lengua, como siempre, en muestra de reprobación. Lo cojo por el cuello para mirar por el agujero de la sien derecha, por donde entró la bala con la que se suicidó. Creo que quiere que retire la bala, pero lo que veo dentro es un hueso con otro agujero en medio, con un relleno de masa rosada que debe de ser el tuétano. Me dispongo a buscar una lupa, cuando me llega de abajo un intenso griterío y, desde la ventana, veo a Yngrid en bragas en la calle, en medio de un corro de vecinos armados con bates de béisbol. ¡Ya está bien!, les grito, pero mi padre baja la persiana, me da un coscorrón y me manda de vuelta a la cama. En la cama sueño que estoy buscando compañía y le echo el ojo a una mulata alta y airosa en la plaza París.

26 de febrero de 2019

—¿Diga? Sí. Estoy. Puedo. ¿Y ahora qué pasa? Habla rápido, porque estoy muerta de sueño. Hoy me quedaré. Pues está en su casa. ¿Yo? Pues allí y aquí. Este lo uso más como taller. Sí, cuando trabajo hasta tarde. Ya que hablamos del tema, me debes alquileres pasados. No, no, haz una transferencia bancaria, tienes mis datos. Ya lo sé. Todo bien. Ahora me voy a la cama. Pues como siempre. Claro, en nuestra cama, ¿qué quieres, que duerma en el suelo? No te lo pienso decir. No te interesa. Vale, solo en bragas, ¿y qué? Se ha hecho tarde, descarado. Vete a chuparte el dedo. ¿Qué muñeco? Ah, te refieres a la escultura. ¿Y qué pasa? Ridículo lo serás tú. Pero qué sábana ni qué niño muerto, no voy a cubrir a mi presidente con una sábana. ¿Qué quieres, que desaparezca? No, nada de venir a verme. Mira, me voy a dormir. Ni pensarlo. El portero de noche tiene la orden de impedirte la entrada. Ya he cambiado la cerradura, para que lo sepas. Voy a colgar, tío. Voy a colgar. Ya lo sé. Ya lo sé. Por amor de Dios, Duarte, déjame dormir. Me voy, chao.

27 de febrero de 2019

Duarte miró hacia abajo, vaciló, y en el momento decisivo, abandonó la idea de lanzarse desde aquellos cuatro o cinco metros de altura. Como los caballos, las olas presienten, rechazan y expelen a quien las monta sin confianza, y de aquella manera corría el riesgo de romperse la columna. Entonces se abandonó un rato más al vaivén del agua, en la parte donde las olas se hinchan para formar el salto. Poco a poco, sincronizó el nado con el movimiento de la corriente y dejó pasar una, dos, tres olas, para iniciar el descenso sobre la cresta de la ola perfecta, sin dejar de remar con los brazos. Se estrelló por completo hasta un instante antes de posarse, cuando echó los brazos atrás ofreciéndose de cabeza, y con la cabeza a la proa flotó sobre la espuma hasta acercarse a la orilla, casi rozando el pecho contra la arena. Triunfante, regresó repetidamente al oleaje y, de pronto, ya no había ola que se le resistiera, podía cabalgar cualquiera de ellas hasta de espaldas. A los bañistas presentes les costaría creer que aquel varón atlético que revivía sus peripecias de muchacho playero era en realidad un sexagenario. Entusiasmado, Duarte se comprometió a llevar a su hijo al día siguiente, ya que si fuera por su madre sobreprotectora el niño no iba a meter los pies ni en una piscina. Lo imaginó intentando emular a su padre, que a su edad ya dominaba el arte del *bodysurfing*, como habían dado por llamar al popular *jacaré*.* Y tal vez se maravillaría con vídeos de olas gigantescas en Hawái, y por su cumpleaños le pediría a su madre una tabla de surf profesional y un traje de neopreno. Luego a su padre le resultaría difícil convencerle de que las olas se cogen en la intimidad del agua, a pecho descubierto, como él mismo hacía en otra época, cuando se desdeñaban hasta las tablas de madera, por no hablar de las ridículas aletas. Pero ningún hijo soporta esos sermones carrozas, de antaño, de en-mi-época, y en breve el muchacho ya estaría dando el espectáculo de pie sobre una tabla, propulsándose desde las olas, haciendo piruetas sobre las olas, cruzando

---

* Nombre popular con el que se conoce en Brasil la afición a deslizarse sobre una ola usando el propio cuerpo. (*N. de la T.*)

tubos de olas sin mojarse, en vez de acabar revolcado en el agua como su padre. Ojalá sea famoso y rico, pensó Duarte, que ya se había cansado de las zambullidas y se puso a flotar de cara al cielo sin nubes, en el remanso previo al rompiente. En aquel mismo lugar, de niño, pensando que hacía pie, al faltarle el suelo perdió el impulso de ascender, tragó agua y, presa del pánico, salió a la superficie lo justo para ver un cielo sin nubes y agitar la mano como en señal de adiós. Peor que ahogarse fue la humillación de que lo sacara del agua un chico de menor edad, que lo dejó sobre la arena sano y salvo, expuesto a las miradas de los memos. Entretenido en estos recuerdos, Duarte se percató tarde de que iba a la deriva de una corriente diagonal que, no solo lo alejaba de la playa, sino que lo acercaba a las rocas del pie de la montaña. Cuando intentó resistirse, le dio un calambre. Los músculos del muslo izquierdo se contrajeron de tal forma que le fue imposible mantenerse en la superficie, y aún más nadar contra la corriente de reflujo. En posición vertical, sumergido hasta la boca, retuvo el aliento cuanto pudo, luego aspiró agua, se ahogó y lo vio todo negro. Él creía que en el momento final repasaría su vida en retrospectiva, pero lo único que recordó fue una foto en blanco y negro tomada en la playa: él en pañales en brazos de su madre en traje de baño, la mujer más hermosa del mundo.

28 de febrero de 2019

Después de pasar la noche en el hospital, voy a mi casa para ponerme unas bermudas, regreso a la playa y, en la torre de vigilancia del puesto de salvamento, busco al socorrista que me rescató. El sargento Agenor es un negro apuesto de unos cuarenta años, aunque los de su raza suelen parecer más jóvenes de lo que son. Recibe mi apretón de manos sin levantarse, me deja ocupar una silla de aluminio al lado de la suya y se muestra ofendido cuando rechaza el billete de cincuenta reales que le extiendo. Con unos prismáticos colgados al cuello, apunta a la bandada de gaviotas que vuelan en V como una escuadrilla y asegura que el tiempo va a cambiar de aquí a mañana. A continuación baja la vista al móvil y se pasa un buen rato escribiendo y leyendo mensajes y riéndose de alguna broma, tal vez de escenas de vídeo porno. Al sentir que estoy de más, le vuelvo a dar las gracias por salvarme la vida y me despido, alegando que tengo que volver al trabajo. Me había tomado por un jubilado, por mi aspecto y por las horas de ocio que paso en la playa, pero no parece dispuesto a alargar más la conversación:

—Que vaya bien.

Vuelve a concentrarse en el móvil, cuando al marcharme le digo que soy escritor, lo cual despierta su interés:

—¿Periodista?

—Escribo libros.

—¿Libros de reportajes?

Parece que se anima a dejarse entrevistar, y para no decepcionarlo, le afirmo sin mentir que hasta puedo retratarlo en una novela.

—¿Quieres contar mis historias?

—Puedo inventarme algunas si tú me dejas.

—¿Y si no me gustan?

—Te cambio el nombre.

—¿Y también te inventas las historias sobre ti?

—Claro, en mi libro puedo ser quien yo quiera. Hasta puedo salvarte de una muerte por ahogamiento.

—¿Tú en el libro eres blanco o negro?

—¿Cómo?

—Que si eres blanco o negro.

—Buena pregunta.

Reparo que en mis novelas nunca me he planteado especificar mi color de piel. Es curioso que, en un país donde casi todo el mundo es negro o mestizo, ningún autor escribiría «hoy he visto a un blanco…», o «un blanco me ha saludado…», o «el sargento Agenor es un blanco apuesto de unos cuarenta años, aunque los de su raza…».

—Yo soy más de novelas, pero mi mujer es dada a la lectura.

—¿Qué le gusta?

— Eso habría que preguntárselo a ella. ¿Te apetece conocer mi chabola? Vivo ahí, en el Vidigal.

—Será un placer.

—Pásate cualquier día al final de mi turno. Vamos en mi moto.

—Perfecto. Le llevaré un libro a tu mujer.

—Estará muy orgullosa de que me haya hecho colega de un escritor.

—Estará orgullosa de que hayas rescatado a un escritor.

—Mira su foto —me dice, pasándome el móvil—. Si puedes, ponla a ella también en el libro.

Es una muchacha rubia y pecosa.

—Pero que no quiero que le cambies el color a Rebekka.

2 de marzo de 2019

Querido Duarte,

Antes de nada, mis disculpas por el mal aspecto de esta carta, pero es que para redactarla he usado el anverso y reverso de unas hojas del cuaderno de tu amable portero, que también me ha prestado su silla. Esperaba hablar contigo en persona, pero después de comunicarse contigo por el interfono, él me ha informado de que no había nadie en casa. Al fin y al cabo, me encuentro hasta más cómodo discurriendo por escrito, que es como mejor me expreso por costumbre profesional. Solo espero que no te enfadaras por nada la otra noche, pero con la borrachera que llevaba no recuerdo si hice algo inapropiado. Desde aquel viernes, tengo en mente hablar contigo de unos asuntos que podrían interesarte, así de simple. Como no apareciste por el club, como habíamos quedado, intenté localizarte a través de tu editor, pero no me contestó el e-mail. Volví a esperarte ayer viernes, y hoy me he tomado la libertad de acudir a verte a casa, porque Denise ha insistido. No me habría tomado la molestia de no ser porque me enorgullezco de haber tenido a un novelista fuera de serie como compañero de clase. Denise también opina que, viendo a un poeta como tú al borde de la indigencia, no podía quedarme de brazos cruzados en mi zona de confort. Pues mira: resulta que se ha dado la feliz coincidencia de que un cliente amigo mío conoce a un productor de Los Ángeles que acostumbra a invertir en películas de bajo presupuesto, incluso con guiones adaptados de la literatura latina. Es una pena que tus libros aún no hayan sido publicados en inglés, pero si tú mismo proporcionaras la traducción de una de tus obras, o por lo menos un resumen, el productor se comprometería a revisar el material.

No pretendo importunarte más. Si necesitas alguna otra cosa, o simplemente quieres ir a tomar unas copas, que sepas que en mí siempre tendrás un amigo. Dejo con esta carta una tarjeta de visita de mi cliente. Te deseo buena suerte.

Un abrazo y recuerdos a tu mujer,
Fúlvio Castello Branco

Río de Janeiro, 5 de marzo de 2019
(Martes de carnaval)

Maria Clara querida:
Solo hoy, a pesar de la batucada que me invade por la ventana, he podido responder a tu mensaje de mediados de enero, porque estuve muy atareado con mi novela. Calculo que en tres o cuatro meses podré enviarla a la editorial, no sin antes someterla a tu criba, si no es pedirte demasiado. Ya te agradezco mucho que no me presiones con cobros legítimos, e insisto en que regularizaré al menos las pensiones alimenticias, tan pronto el libro se publique. Lo cierto es que he pasado apuros y, seguramente, por los rumores que corren entre los porteros, ya sabrás que soy un inquilino moroso. En breve tendré que mudarme a un apartamento más barato, en un barrio más lejano. Pero no lo haré sin antes volver a probar tu polenta y, quién sabe, a reconciliarme con el intenso sabor de tu mate.

Seguramente nuestro hijo te habrá contado que hace unos días nos encontramos durante unos minutos. Del mismo modo en que me enterneció verlo ya tan espigado, desenvuelto, de buenas maneras, se agravó mi arrepentimiento por haber sido un padre negligente en un pasado reciente. Como mal marido, sé que ya no hay redención posible para mí, pero ahora que vivo solo y estoy libre de trabas, tengo la intención de restablecer con el chico la relación de afecto que no tuve con mi padre. Fui un padre tardío; cronológicamente, estoy más lejos de la generación de mi hijo que de la de mi padre, en la que padres e hijos no se besaban. Pero no me perdonaré mientras no pueda arropar a mi hijo en la cama con un arrullo desafinado y un beso en la frente.

Last but not least, quiero proponerte un reto. A estas alturas ya no necesitas demostrar a nadie que eres la traductora de inglés en lengua portuguesa más competente que existe. Ha llegado el momento de desafiar un tabú propio de tu profesión: te propongo que te atrevas con una traducción inversa. Así como hay autores expertos en escribir directamente en una lengua extranjera, ¿qué te impediría a ti traducir al inglés textos de tu lengua materna? Incluso podrías traducir en la otra dirección por simple gusto, como una campeona olímpica de crol que compite por la medalla de natación de espaldas. Podemos discutir esta propuesta cualquier día de estos. ¿Aún conservas mis novelas?

Besos

P.D.: Mira qué cartita acabo de encontrar en mi ordenador. Se escribió hace veinte carnavales. Seguro que no habrás conservado la versión manuscrita que te di en su momento.

Río de Janeiro, 12 de febrero de 1999

Adorable srta. Maria Clara:
Gracias por devolverme la última carta que le envié, con las correcciones y tachones como es debido. Solo el hecho de que no la haya ignorado, a diferencia de las anteriores, ya reconforta mi pobre corazón. Acepto con humildad la mofa contenida en sus justas correcciones, y espero darle menos trabajo en esta ocasión. Sospecho que mis veleidades literarias le han parecido irrisorias, pero la sola posibilidad de haber despertado una minúscula sonrisa en sus labios vuelve a reconfortar mi corazón pisoteado.

No cuento con verla estos días de carnaval carioca, pues desconozco dónde vive, y las señoritas del sur no son de salir a la calle con las asociaciones carnavalescas. De modo que solo, miserable, ardiendo de fiebre, me quedaré en la cama hasta el Miércoles de Ceniza, cuando volveré a hacerme pasar por profesor visitante, o alumno veterano, a las puertas de su facultad, fuera de la vista de ese amiguito que la espera en un coche de ventanillas opacas. A mediodía, pasará usted a mi lado zumbando (¿o ululando como el frío viento minuano),* y, sin decir palabra, se meterá rápidamente en el bolsillo la carta que hoy le escribo. No me cuesta nada fantasear con que algún día la señorita se detendrá unos segundos para sonreírme con timidez y me

---

* En el sur de Brasil, viento invernal del sudoeste, seco y frío, que suele soplar después de la lluvia, del que se dice que en ocasiones suena como un aullido. (*N. de la T.*)

deslizará una nota de su cosecha, temiendo haber cometido algún bobo errorcillo en portugués. No obstante, si persisten su silencio y sus negativas a concederme un vis a vis, más motivos tendré para agradecérselo. Me animará a escribirle tantas cartas de amor que de aquí al cambio de milenio me convertiré de hecho en un escritor, autor de una voluminosa novela epistolar. Y más: si es verdad que todas las cartas de amor son ridículas, doblemente ridículas lo serán las de sentido único, y en alabanza de la srta. Maria Clara publicaré el libro antológico de la ridiculez.

Con el corazón en llamas,

Duarte

6 de marzo de 2019

Al bajar de casa para dejar la carta en la portería de Maria Clara, me encuentro con la calle cerrada y un alboroto. He pensado que se trataba de una asociación temprana de carnaval, pero no. En medio de la calle, delante de su edificio, hay cuatro coches de policía atravesados, con las luces azules y rojas girando sobre el techo. Más abajo, veo una extensa hilera de coches parados, entre ellos, el autobús escolar de mi hijo. Mi hijo está justo ahí, le digo tontamente a un policía, que me impide el paso con la culata del rifle. Me uno a otros residentes, transeúntes y un motorista de reparto detrás del muro de la casa del cónsul japonés, desde donde hay una vista parcial del edificio de Maria Clara. Alguien me informa en voz baja de que dentro hay un atracador con un rehén, y las murmuraciones a mi alrededor crean la sensación de estar en un set de rodaje, o en la grabación de una escena exterior de una telenovela. En el silencio de la calle, la única voz altisonante es la de un policía, que está dando instrucciones por un megáfono al protagonista de la acción. Aquel recomienda al atracador que salga con calma del edificio, que no maltrate al rehén y que confíe en la justicia, palabras que desentonan con el sonido metálico del megáfono. En el interior acristalado de la portería, veo ahora dos figuras que, según un grandullón calvo que tengo al lado, son el agresor y el portero. El grandullón añade que un vecino ha denunciado el asalto a la policía, porque una residente del edificio estaba gritando auxilio. No me permito pensar en Maria Clara, porque sería la última en ser atracada en todo el barrio, ya que aparte de los libros, no guarda en casa objetos de valor. Entonces veo salir de la portería al mulato encapuchado, que sujeta al portero por detrás, con el brazo izquierdo alrededor del cuello, y el cañón del revólver contra el oído derecho. Acoplados de este modo, avanzan a pasos cortos por el pequeño patio entre el edificio y la verja de la calle, donde cuatro policías los esperan con los rifles bajados. El del megáfono le ordena que se eche al suelo con el rehén y que suelte el arma, pero la pareja sigue adelante, arrastrando los pies hasta la verja. El delincuente hinca el revólver, como un bastoncillo de algodón, en el oído del portero, que acciona el control remoto de la verja. Cuando pisan la acera, los policías retroceden dos pasos. La pareja avanza un paso más, la policía recula otros dos. Entonces el delincuente mira a derecha e izquierda, luego al edificio que ha quedado atrás, dejando claro que es un amateur, que no tenía un plan de fuga. La ha cagado, dice el chico de reparto. Aparentemente dispuesto a entregarse, el atracador suelta al portero y baja el arma, pero da una sacudida repentina con la cabeza y se desploma en el suelo. Le acaban de pegar un tiro en la frente, tal vez un tirador de élite apostado en alguna ventana próxima. De espaldas contra el suelo, recibe otros tantos disparos a quemarropa y todo él se retuerce. Aun cuando ya no se mueve, los policías siguen tiroteándolo en la cara, la barriga, el pecho, el cuello, la cabeza, lo matan varias veces, como se mata a una cucaracha a zapatillazos. En medio de hurras y aplausos, los espectadores van bajando de los edificios y los coches, y corren al escenario de la hazaña. El policía del megáfono retira de un golpe la capucha ensangrentada del sujeto y, en el rostro desfigurado, me resisto a identificar a mi conocido, el paseador de perros. La policía no logra impedir que los presentes le den patadas al cuerpo, y me estremezco al ver aproximarse a mi hijo. Consigo desviarlo del muerto, pero él solo quiere unirse a los policías, que posan para hacerse *selfies* con sus admiradores. Lo arranco de allí, le tiro del brazo y lo meto en el edificio y, una vez en el ascensor, oímos los ladridos de su perro. Llamo al timbre, pero nadie atiende, llamo de un grito a Maria Clara, y pregunto al niño si tiene la llave, pero no la encuentra en la mochila. Insisto llamando al timbre, doy unos golpes a la puerta, el niño se echa a llorar y el labrador no para de ladrar. Me abalanzo contra la puerta de madera maciza, hasta que Maria Clara la entreabre con una cara más pálida que la que tiene por naturaleza. Está envuelta en una toalla de baño, el pelo mojado gotea sobre sus hombros y me mira como si no me conociera. Mira a su hijo, murmura algo, pero este ya está abrazado al perro, que estaba encerrado en la salita que era mi escritorio. La sala de estar está patas arriba, los cuadros, tirados por todas partes, el sofá, alejado de la pared y, en la cocina, hasta han tirado la nevera al suelo. Cuando Maria Clara se vuelve para dirigirse al dormitorio, quedan a la vista unas marcas de uñas en la espalda, la espalda, aquella espalda, surcos rojos sobre su piel casi transparente. Seguidos del portero, dos policías entran preguntando por la residente, y casi irrumpen en la habitación donde Maria Clara debe de estar desnuda. Se está vistiendo, explico, y al ver que les impido el paso, me piden la documentación y me preguntan bruscamente qué hago allí. Podrían haberme detenido como sospechoso de complicidad del delito, de no ser por el testimonio del portero, que me había visto subir con mi hijo después de la acción policial. No debería haber entrado antes que las autoridades, insiste el capitán más cabreado, a lo que replico que las autoridades se han entretenido en la calle haciéndose fotos con el público. Están a punto de detenerme por desacato, cuando aparece Maria Clara vestida de negro, imponiendo gravedad en la estancia. Se va directa a la salita, donde su hijo sigue abrazado al perro, se agacha para besarlo, pero el niño la rechaza con un gruñido. El comandante nos comunica que debemos desalojar el lugar hasta que llegue el perito. De acuerdo, puedo alojar a la familia en mi casa, pero el comandante nos comunica que doña Maria Clara tiene que acompañarlos a la comisaría, para dar parte de los hechos e identificar el cuerpo del delito. Así lo dicta la ley, dice el comandante, pese a la resistencia de Maria Clara, que no quiere presentar denuncia alguna, ya que lo único que ha hecho aquel pobre diablo ha sido revolver su casa buscando una caja fuerte donde no la había. Por vulnerable que sea, es terca y habría sido capaz de escupirle en la cara al comandante que la lleva por los hombros, si hubiera visto cómo descargaba el arma contra el cuerpo inerte en el suelo. Yo soy más sosegado, pero cuando veo a ese poli con las manos sobre mi Maria Clara, no sé si me parece menos cruel que imaginarla violada.

Una cinta amarilla y negra rodea la acera, pero ya han retirado el cadáver, el tráfico en la calle se ha restablecido y allí solo quedan dos coches de la policía y una decena de curiosos. Con la cara cubierta con un bolso, Maria Clara sale del edificio y se instala con el comandante en el asiento trasero del coche patrulla que ha encendido la sirena. El comandante también invita al niño a entrar, pero se resiste y se sienta encima del perro, que estaba dispuesto a aceptar el paseo. El capitán, que empieza a estar nervioso, ordena al muchacho que se decida de una vez a acompañar a la madre o a quedarse con el padre. Me quedo con él, dice el muchacho, refiriéndose al perro. Acaban todos apiñados en el asiento de atrás: comandante, madre, hijo y labrador, que va asomado a la ventana con la lengua fuera, como si se riera de mí.

9 de marzo de 2019

Poco propenso a los dramas, no he hecho mal en esperar unos días para visitar a Maria Clara, que creo que ya se ha recuperado. Me ofrece un café en la cocina, y allí mismo se dispone a hablar de su nuevo proyecto literario, un tema recurrente al que, antaño, me limitaba a fingir que prestaba atención. Sin embargo, esta vez la escucho decir, perplejo, que después de años tras años lidiando con la prosa anglófona contemporánea, se ha propuesto un reto por pura diversión. Sin quitar ni poner, emplea palabras prestadas de la carta que aquel siniestro día no tuve ánimo de entregarle. Por lo visto, tres años de separación no han suprimido los trece de nuestro matrimonio. Persiste aún aquella antigua sintonía, por no decir telepatía, que a menudo nos hacía partirnos de risa, al sorprendernos diciendo a la vez la misma cosa. Ahora solo falta que Maria Clara me diga que traducirá al inglés tal o cual novela mía, pero no ocurre así. Por primera vez en la vida, se va a poner a traducir poesía, y no solo eso: lleva la idea de traducir la obra completa de William Shakespeare, quizá al portugués del siglo XVII. Me tomo el café en la cocina de un solo trago y le digo: qué bien. Para no ser lacónico, añado que más desafío que ese solo sería… traducir a Camões al inglés, completa conmigo, y se ríe ella sola. Sale de la cocina sin dejar de hablar, tal vez sin darse cuenta de que me conduce a nuestro dormitorio, si es que puedo llamarlo así. Siempre ha tenido allí su espacio de trabajo, la estantería de libros, el escritorio con el ordenador y la silla anatómica junto a la cama, a la que a veces pasaba sin cambiarse de ropa, agotada. Acostumbraba a alternar la traducción de dos, tres, cuatro autores a la vez, y mientras los leía, solía soltar risillas y exclamaciones que me corroían de envidia, porque la lectura de mis originales no suscitaba semejantes reacciones. No era raro que ella aún estuviera trabajando cuando yo me acostaba, molesto por tener que compartir los libros que había allí tirados, aquella orgía de autores ingleses y norteamericanos, como decía yo en broma para disimular mi celos infames. Hoy, por lo menos, los libros son de un bardo con el que prefiero no competir, también porque hoy nadie sabe de cierto quién es el verdadero autor de su obra. Como tampoco me incomoda escuchar a Maria Clara contar maravillas de las tragedias, los sonetos y el diccionario de rimas recién adquirido, pues no renuncia a las rimas y la métrica de la traducción que tiene en mente. Me cuenta esto señalándome los clásicos de la estantería, y, aunque no haga frío, se ha echado una manta de punto sobre la espalda, esa espalda inocente que hace apenas unos días vi llena de arañazos. Estoy a punto de pedirle que me la vuelva a enseñar, pero ahora me señala el último estante, el que está pegado al techo, donde no hay libros. Solo hay piezas de artesanía y una novedad que quiere mostrarme: tú que eres alto, ¿puedes alcanzarme el artefacto? Más al fondo, detrás del acordeonista, me dice y, después de tantear aquí y allá, toco un objeto frío. Luego veo que el artefacto es un revólver, un revólver igual que el de mi padre, y casi se me cae de la mano, que se me afloja: ¿Qué es esto, Maria Clara? Es lo que es, contesta. Y se ríe: no me digas que te da miedo.

Me despido de ella con la mano y peleo en la puerta con el perro, que insiste en salir del apartamento conmigo. ¡Cariño!, dice Maria Clara, e inmediatamente corrige: ¡Duarte! Sale del dormitorio con un collar y una correa, a los que el perro se somete de buen grado, con las patas delanteras sobre sus muslos. Me pide que dé una vuelta con él, si no es una molestia. Ya que siempre estás dando vueltas por ahí, sería ideal que te lo llevaras a pasear dos veces al día, me dice, porque el niño solo lo saca cuando se le antoja. Me recomienda que baje por las escaleras, porque en el ascensor la administradora solo autoriza a mascotas en brazos. ¡Duarte!, ¡Duarte!, me llama cuando ya he bajado un tramo. Y tira a la escalera una bolsita de plástico azul: es para la caca.

16 de marzo de 2019

Napoleão no quiere más hijos, considera que el suyo ya le da bastante trabajo. Él no lo dice, pero seguramente es su exmujer la que no admite repartir la herencia con una boca más. En calidad de primera amante, podría enfrentarme a la anciana, pero he preferido estar en paz con Dios y readaptarme a métodos anticonceptivos. He conocido hombres maduros que rechazan el uso de preservativos, tal vez porque lo asocian a experiencias traumáticas durante su iniciación en los puticlubs. Duarte, por ejemplo, se ofendió la única vez en que le di un condón, sintió que lo acusaba de tener alguna enfermedad fea. En cambio, Napoleão, quizá por nostalgia de las putas, cuando en nuestro primer encuentro le pedí que prescindiera de aquel, tuvo un gatillazo. Ahora bien, después de ponérselo, debo confesar mi feliz asombro, tanto fue así que en el auge del acto, gemí inadvertidamente: Duarte... Él interrumpió el coito para preguntarme si aún echaba de menos a aquel impresentable, lo cual me llevó, en adelante, a controlar mi efusividad. Poco después, ya fuera porque estaba estresado con sus negocios, o con su hijo, o con los negocios de su hijo, o simplemente porque los aditivos ya no surtían efecto, Napoleão entró en una fase de baja libido. Hasta que un día en que lo encontré sentado en la cama cabizbajo, me susurró que volviera a llamarlo por aquel nombre, y desde entonces Duarte pasó a ser nuestra palabra mágica. He vivido situaciones parecidas con otros compañeros, y no me refiero a fetiches horteras como uniformes militares o de sirvienta. A veces, un simple cambio de nombre basta para que un hombre pruebe el placer de ser un cornudo sin que le pongan los cuernos. Duarte era uno de los que a menudo me pedía que lo llamara Zezinho, Geraldo, Tibiriçá, nombres imaginarios o, no sé, de jugadores de fútbol. Otras veces me hacía crear a mí los apodos, Maurício, Gonçalves, Negão. Una vez lo llamé Fúlvio, y me miró con recelo, me hizo jurar que no conocía a nadie con ese nombre. No tengo intención de hacerlo, pero si algún día volviera a acostarme con él, probaría a llamarlo Napoleão.

23 de marzo de 2019

—¿Sí? ¿Hola? Hola, Bia. No te oigo bien. ¿Bia? ¿Hola? La señal es débil, Bia, espera, que salgo. Hola, ya está, ¿qué pasa? Ah, ¿otra vez? Creía que sería algo importante. Ya. Pero no voy a poder hablar mucho, porque estoy en su casa. En serio, ¿por qué te has emperrado conmigo? Mira, Duarte, si algo no falta en el mercado son mujeres solteras y desesperadas. Cualquiera, ¿por qué tengo que ser yo? ¿Pervertida? Si eres tú el que en la cama parece un chimpancé, un bonobo. Tengo que volver a entrar, Duarte. Me están esperando. Algún día, a lo mejor. La semana pasada habría sido más fácil, porque estuvo fuera de viaje con su hijo. Me lo pensaré. Pero solo si es para tomarnos un whisky y ya está. Ah, jajaja, ¿te ha gustado que te llamara Bia? Mañana no puedo, y no te servirá de nada telefonearme. Tengo una semana a tope de compromisos. Sociales, profesionales...

es que una cosa lleva a la otra. ¿El otro domingo? Creo que podría. Espera, no, el 31 tengo una cena en el palacio Guanabara. ¿Canalla, por qué? Ahora para ti todo el mundo es fascista. Pero ¿tú lo conoces? Pues es súper buena gente. Me han contratado para renovar el mobiliario del palacio, para que lo sepas. Idiota, Napoleão no tiene nada que ver con esto. Sigues siendo el mismo, tú solo quieres hundirme. Eres un fracasado, Duarte. Un *loser*, eso es lo que eres. Desaparece, Duarte. Desaparece ya de una vez.

24 de marzo de 2019

Rebekka es una blanca de veinte y pocos años, habla portugués con acento y se ha enfadado con Agenor al verme llegar con él en la moto; si la hubiera avisado, se habría arreglado para recibir tan ilustre visita. Lleva unos pantaloncitos blancos con el culero sucio de tierra, porque estaba ocupada con unos niños en el huerto comunitario. Me pide que no haga caso del desorden del salón, ordena a Agenor que me sirva algo y sube a darse un baño.

La famosa chabola, ubicada en lo alto del cerro, es una casa de mampostería de tres plantas, más una terraza semicubierta por un tejado de amianto. Desde el callejón por el que se accede, la casa me ha llamado la atención por la fachada de azulejos transversales, verdes y amarillos. Dentro hace calor, pero Agenor enciende el ventilador del techo y me ofrece una cerveza helada. Por la ventana contemplamos las playas de Leblon, Ipanema y Arpoador, y el océano con sus islas y barcos, bajo un cielo de nubes rosas al atardecer.

—No cambiaría este sitio por nada. Ya me he mudado cuatro veces en este mismo cerro, una casa por matrimonio. A Rebekka tampoco la cambio por ninguna otra mujer.

Le creo, pues me he fijado en la ternura con que la ha mirado antes, al subir la escalera, y ahora, al bajarla. Rebekka llega con una falda de flores, una blusa en la que pone Hocus Pocus, y el cabello, pelirrojo y rizado, húmedo. Se pone contentísima cuando le regalo un ejemplar autografiado de mi novela *El eunuco de la Corte Real* y me pregunta el significado de «corte». Aunque tiene ciertas dificultades con nuestro vocabulario, se maneja muy bien con el portugués coloquial y promete hacer un esfuerzo y leer mi novela. Comenta que la edición debe de ser muy antigua, a juzgar por mi foto en la solapa del libro, con el pelo negro y un brillo en los ojos que ya no tengo. La cubierta con la foto desenfocada del palco de un teatro le recuerda la de una novela del norteamericano H. Balthasar, de quien es superfan. Le parece increíble que yo no lo conozca, pero solo lo recomienda leer en la lengua original, porque le han dicho que la traducción brasileña es insufrible. No, ella no es inglesa ni americana, es holandesa de Utrecht, donde el inglés es segunda lengua.

—Cuéntale a nuestro escritor lo de la escuela infantil.

—Mi cariñín es un bobo, se cree que usted va a escribir un libro sobre nosotros.

—Rebekka tiene cuarenta alumnos de inglés.

—Cuarenta y uno, si te cuento a ti.

—Pero nuestras clases de inglés son en la cama.

—Ay, qué vergüenza, cariñín.

—Y también se ocupa del huerto que hay detrás de la iglesia.

—Mi cariñín consiguió el terreno.

—El pastor es colega mío.

—Mira qué calabaza más grande.

Rebekka se dispone a servirnos calabaza con tapioca, pero antes le dice a su cariñín que quiere cantar para mí. Agenor coge una guitarra detrás del sofá, puntea una introducción y mira a la mujer, que al cantar pierde el acento:

> *Manhã, tão bonita manhã*
> *Na vida uma nova canção.*

Era una niña cuando escuchó por primera vez la lengua brasileña, en un viejo vinilo de la familia. Se aprendió de memoria todas las canciones, que al parecer hablaban del mito griego de Orfeo, pero era un Orfeo negro de las favelas de Río. De tanto soñar con Río de Janeiro, vino aquí con unos amigos holandeses para un festival de rock, tuvo la suerte de toparse con Agenor, y acabó quedándose. Su cariñín era el rostro de Orfeo que ella imaginaba en la infancia:

> *Das cordas do meu violão*
> *Que só teu amor procurou.*

Mientras asisto a esta escena idílica, tengo la impresión de que la pareja se ha preparado en serio para quedar bien en mi novela. Y más ahora con la complicidad de la luz de la luna, que entra por la ventana y resalta las pecas en el rostro de Rebekka. Hasta que una cucaracha voladora se posa sobre el Hocus Pocus de la camiseta, lo que lleva a Agenor a darle un golpe en el pecho. Rebekka reacciona:

—Pero ¿qué haces, Agenor?

La gran cucaracha cae del pecho al muslo de Rebekka.

—Déjala, pobrecita.

Agenor le atiza otro golpe, que hace caer a la cucaracha al suelo. El bicho abre las alas, pero antes de levantar el vuelo, él da un salto y la aplasta con la suela de la sandalia.

—¡Qué horror, Agenor!

Yo también estoy en contra de la violencia, pero confieso que prefiero ver aquella sustancia viscosa sobre el suelo de porcelanato antes que una cucaracha viva sobre Rebekka. De hecho, la que no está de acuerdo es Rebekka:

—¡Eres un bruto! ¡Sargento cobarde!

—¿Estás loca, Rebekka?

—La cucaracha era buena gente.

—¿Has vuelto a fumar?

—El borrachín eres tú.

Le arranca el vaso de la mano, vacía la cerveza por la ventana y se retira a la cocina, llorosa. Él le va detrás, y ya desde la puerta de la calle, no puedo evitar oír:

—Si me tocas, te denuncio en la comisaría de mujeres.

—Habla más bajo, Rebekka.

—No me confundas con tus negras.

Cuando salgo a la calle, Agenor hace un intento de retenerme:

—Espera por lo menos a probar la tapioca.

—Gracias, tengo una cena familiar.

—Te llevo.

—No te preocupes, cogeré un taxi abajo.

—Rebekka y yo no somos así.

—Entra, limpia la cucaracha y dale un poco de cariño a tu mujer.

—Adiós.

Después de bajar por el callejón a oscuras, no sé muy bien qué dirección seguir. A la derecha veo pasar dos ratas del tamaño de un gato gordo. A la izquierda, entro en una calle de tierra sin salida, que da a una pared de roca donde parece haber un punto de venta de marihuana. Al sentirme observado por los supuestos traficantes, doy media vuelta y pienso en regresar a casa de Agenor, pero ahora el callejón está tomado por un grupo de cinco o seis hombres. Cojo el camino de las ratas gordas y en nada me veo corriendo calle abajo sin mirar atrás, guiado por una luz fría y música alta. Es una samba procedente de un coche aparcado delante de un bar vacío y muy iluminado, con una mesa de minibillar en el centro. Los clientes beben y se refrescan fuera, apoyados en el coche musical o sentados en sus motos. Se me quedan mirando, se miran entre ellos, y un gordito con pantalones de cuero se adelanta:

—¿Quieres algo, amigo?

—No quiero marihuana ni cocaína, no tengo tarjeta ni móvil. Solo llevo un billete de veinte y quiero volver a Leblon.

—Pues conmigo mismo, jefe —dice el gordito, que me pasa su tarjeta de visita y en diez minutos me deja en mototaxi en casa.

2 de abril de 2019

Ayer se organizó una cena de gala en el palacio Guanabara para celebrar el lanzamiento de la campaña Brasil: El Futuro es Hoy. El gobernador de Río de Janeiro, algunos ministros del gobierno, embajadores de países amigos, herederos de la Casa Imperial, autoridades militares y eclesiásticas, entre otras figuras insignes de nuestra sociedad, se acomodaron en las mesas distribuidas en los jardines del palacio, donde les sirvieron maîtres y camareros, vestidos de caballeros templarios. El momento apoteósico de la noche se produjo con la presentación del orfeón Nossa Senhora de Fátima, compuesto por una orquesta de cámara y un coro de treinta y dos castrati que, bajo la dirección del maestro Amilcare Fiorentino, con el joven virtuoso Ezequiel da Babilônia al frente, extasiaron a los invitados con la interpretación del Himno Nacional.

Es habitual que las noticias de la prensa den lugar a relatos de ficción, pero lo contrario tampoco es raro. Hablo por mí, que, aunque no pretendo escribir sobre caballeros templarios, cada vez que los periódicos mencionan cantantes castrados se me abren las carnes. No costaba nada citar de paso mi primer libro, la novela histórica *El eunuco de la Corte Real*, que trataba del asunto mucho antes de que los castrati se pusieran de moda en Brasil. El libro ya tiene unos dieciocho años, pero se ha ganado sucesivas reediciones, y cualquier periodista debe de conocer sus récords de venta y los premios literarios que ha merecido. En su momento, un ensayo sobre la novela en una publicación de gran prestigio destacó la meticulosa recreación de las costumbres en la corte del rey Juan VI, desde Lisboa hasta Río de Janeiro de principios del siglo XIX. En palabras del crítico, la presencia, en el séquito real, del famoso castrato italiano Abelardo Nenna, asiduo de la alcoba de la reina, «si no es verdad, es un acierto». Sin embargo, el éxito de un novato en literatura suele cobrarse un precio impagable, y la maldición del segundo libro no es una leyenda. A instancias de mi editor, cedí a la tentación de escribir la secuela de la historia del eunuco, cuando es sabido y consabido que las glorias recalentadas, como los propios castrati, no dan fruto. La sombra de aquel triunfo se cernió sobre mis novelas posteriores, en cuyas contracubiertas, Petrus insistía en añadir a mi nombre el epíteto «autor de *El eunuco de la Corte Real*». Ahora que *El eunuco* solo está disponible en librerías virtuales, seguramente Petrus aprovechará para volver a lanzarlo y así, como él diría, optimizar las ventas de mi nueva novela.

3 de abril de 2019

Para un escritor ambulante como yo, pensé que me saldría barato tener un gesto con Maria Clara y sacar a pasear al labrador de vez en cuando. Ahora que lo llevo de la correa, me veo obligado a andar torcido y a seguir caminos indeseados, a merced de sus divagaciones. Cada medio minuto, me veo obligado a detenerme e interrumpir el flujo de mis pensamientos para verlo hacer sus necesidades. Si soy yo quien se detiene en la acera para concentrarme en alguna idea que me viene a la mente, tira de la correa para esquivar a un gato o a un pitbull. Y así nos vamos debatiendo hasta las proximidades del edificio de Maria Clara, cuando se suelta de un violento tirón y echa a correr, cruza la calle descontrolado y mete el hocico entre las rejas de la finca. Habíamos acordado que el portero abriera la verja para que el perro subiera corriendo las escaleras, del mismo modo que las baja solo, arrastrando la correa. Sin embargo, esta vez el portero se acerca para avisarme de que doña

Maria Clara ha ido al médico con su hijo, y la administradora no permite la presencia de mascotas en la portería. Como no tengo móvil, ni él tiene el número de Maria Clara, la solución sería llevarme al perro a mi casa, si no fuera porque está plantado delante de la verja y amenaza a quien pretenda moverlo de allí. No me queda otra que sentarme con el animal en el bordillo a aguardar, y esperar que a mi hijo no le haya pasado nada grave. No tiene desperdicio asistir al paso de algún que otro transeúnte, un repartidor, un cartero, niñeras de blanco con carritos de bebé, jóvenes vestidos de gimnasio, un vendedor de escobillas o barrenderos recogiendo la basura. No obstante, al anochecer, el animal se amansa, o ya está aburrido, y tengo la oportunidad de subir con él a casa, tanto para vaciar la vejiga como para transcribir las palabras que se me han ocurrido en ese rato. Meo copiosamente con la aquiescencia del perro, pero en cuanto me siento delante del ordenador, se decide a dar por saco. Después de husmearme las pelotas, se pone a dar vueltas para morderse el rabo, algo parecido a lo que hago yo en mis acostumbrados circuitos por el apartamento. Como Maria Clara no atiende a mis llamadas, lo distraigo con una de las viejas novelas que guardo, que destroza en menos de cinco minutos. Debe de estar famélico, ya que ahora mordisquea el periódico que hay en el suelo del baño y se pone a masticar noticias: unos soldados disparan ochenta tiros contra el coche de una familia y matan a un músico negro. Me resulta realmente imposible concentrarme en mis fantasías en presencia de este perro que ladra, gruñe y husmea bajo la puerta. Solo se calma cuando vuelvo a ponerle la correa, y al salir del edificio me encuentro con mi hijo, que llegaba en ese momento para recogerlo. Parece de buen humor, e interpreto su mirada como una señal para acompañarlo a casa.

La puerta del apartamento está entornada, y en cuanto los dos se van a la cocina, espero en la sala a que salga Maria Clara. Como no aparece ni me responde, llamo a la puerta del dormitorio, que está entreabierta, entro con cautela y la encuentro echada en posición fetal, vestida con una falda y una blusa, los muslos desnudos. Susurro su nombre, pero duerme profundamente y, con cierto recato, le cubro las piernas con la sábana. Nunca vi la ropa de cama tan arrugada en los años que estuvimos casados, ni sus libros así, abiertos boca abajo en el suelo. ¿A qué médico habéis ido?, pregunto en la cocina a mi hijo, que se está zampando un cuenco de palomitas, igual que el perro su pienso del bol. Cuando el niño entra en su cuarto, vuelvo a preguntarle sobre el médico, pero hace como que no me oye. Solo dice uau, o hey, da unos saltitos, luego se quita el pantalón corto y se tumba en calzoncillos sin quitarse la camiseta de Batman. ¿No te lavas los dientes?, pregunto, pero es lo mismo que preguntarle al perro, que ya ronca a los pies de la cama. Busco una esquina de la cama para sentarme, me aclaro la garganta, se me ocurre cantarle en voz baja la canción de Rebekka, me emociono al ver a mi hijo dormido antes del tercer verso. Entonces oigo una remota cadencia de música funk, y solo entonces veo los auriculares, que retiro de sus oídos con el celo de una madre. Me contengo las ganas de pasarle los dedos por el pelo, como hacía mi madre con el mío, igual de rizado: hijo mío.

Río, 6 de abril de 2019

Al administrador del edificio Saint Eugene:
Soy doña Marilu Zabala, residente del 201, y le escribo para transmitirle mi preocupación por el estado de nuestro bloque de apartamentos. Las últimas medidas de contención de costes, aunque necesarias, han afectado a nuestro estilo de vida y necesitan ciertos ajustes. Con la reducción a la mitad del personal, actualmente contamos con un solo empleado de la limpieza, que se encarga de las zonas comunes, con resultados visiblemente insatisfactorios. Sugiero que uno o dos empleados subcontratados asuman el trabajo más pesado el día libre semanal del fijo, sin gravar nuestra nómina con cargas sociales. El despido del vigilante nocturno, a mi parecer, trajo consecuencias más inquietantes, ya que afectó a la seguridad de cada uno de nosotros. Sin la mediación de un portero, cuando abrimos la verja por el interfono de nuestros apartamentos, nos exponemos a que sujetos desconocidos se infiltren disimuladamente detrás de visitantes y repartidores. Sugiero que se instale una cámara junto a la verja, conectada a unos monitores en cada unidad del edificio, solución que no debería ser demasiado costosa y atenuaría nuestra sensación de vulnerabilidad.

La reforma de la fachada, la pintura de los interiores, o el cambio del suelo del garaje son obras previstas que, por decirlo llano y claro, podemos dejar para otro día. Si queremos afrontar a fondo el origen de nuestros problemas, además tendremos que reconsiderar la situación de aquellos residentes que no pagan sus deudas a la administración del inmueble, lo cual sobrecarga a los demás con tasas externas. Es necesario tener en cuenta que el edificio Saint Eugene, hasta hace poco uno de los mejor valorados del barrio, está destinado tradicionalmente –sin entrar en consideraciones sociológicas o similares– a familias con poder adquisitivo por encima de la media. Sé que la administración mantiene con discreción las cuentas de los bloques del edificio, pero cuesta creer que el inquilino del 702, por ejemplo, que, como es sabido, no paga el alquiler, esté al día con las tasas de manutención. Como juez federal, también me consta que el domicilio es inviolable, pero que aquel inquilino se opusiera a abrir la puerta al bombero que contratamos hace cosa de un mes, roza la ofensa. Para serle franca, lamento que no se pusiera en contacto enseguida con la compañía de seguros fiadora del 702, cuyo cuarto de baño presentaba fugas que no se han sellado hasta hoy, lo cual ha provocado graves daños en el apartamento 602. Al no ser atendido tras sus justas reclamaciones, como usted sabe, el inquilino del 602 abandonó su inmueble, que desde entonces permanece sellado, ya que existe una disputa por la herencia del recién fallecido propietario. Por añadidura, según he averiguado, en el techo del 502 ya empieza a haber las primeras goteras, y no falta mucho para que, en un efecto de cascada –lo digo sin ironía– toda la columna del 02 se vea comprometida. ¿Vamos a tener que asistir pasivamente a la ruina de nuestro Saint Eugene?

Con todos los respetos,
Marilu (201)

11 de abril de 2019

Excelentísimo señor juez […]

ACCIÓN DE DESAHUCIO POR FALTA DE PAGO, ACUMULA-
DA CON COBRO DE ALQUILERES Y ACCESORIOS DEL DOMI-
CILIO Y ACCIÓN TUTELAR DE URGENCIA […] Bajo el pretexto de estar desempleado, el Demandado no paga los
alquileres […] Incluso después de varios intentos de acuse
de recibo amigables […] al amparo de los artículos 300 y
siguientes del Código Civil, queda plenamente justificada
la orden de desahucio por incumplimiento contractual
[…] desocupación voluntaria del inquilino, o pago, por su
parte, dentro de un plazo de 15 (quince) días […] vencido
este plazo, a partir de la fecha de notificación, se efectuará
el desahucio, si fuera necesario con el uso de la fuerza o,
incluso, allanamiento (art. 65 de la Ley n. 8245/91) […]
Atentamente,
Río de Janeiro/RJ 11/04/2019

12 de abril de 2019

−¿Tú eres hijo del magistrado Duarte?
Debo de serlo, aunque ya esté harto de oír que un hijo
suyo no hace esto, un hijo suyo no hace aquello; yo tenía
ganas de preguntarle por dónde diablos andaba y qué hacía
ese tal hijo suyo. Papá, un hombre de principios, era impla-
cable con mis errores, desde banales maldades infantiles
hasta ocasionales debilidades de carácter en la adolescencia.
En cierto modo, hasta fue bueno que no viviera para ver
a su hijo, después de viejo, haciendo un papel degradante a

las puertas de un club social, casi hecho un mendigo como aquellos a los que a Fúlvio le gusta dar palizas. Es un viernes por la tarde, reconozco el cuatro por cuatro en el aparcamiento, pero hace media hora me han vuelto a decir que los empleados están averiguando si el señor doctor Castello Branco está en las dependencias del Country. Ya es de noche cuando me autorizan a entrar, y lo encuentro de pie en la terraza, despidiéndose de un señor con cara de petimetre, que al presentarme pregunta si soy hijo del magistrado Duarte. Nuestras familias se llevaban bien, y él se acuerda de mi madre, siendo él niño, en la piscina de la casa de su padre: con todos los respetos, ¡qué pedazo de mujer!

Es como si la mano de mi padre reprimiera la mía, pero un gin-tonic me desinhibe para mostrarle la orden de desahucio a Fúlvio, que al principio no entiende lo que quiero de él. Luego deja claro, como yo ya había previsto, que su bufete de abogados no se ocupa de causas irrisorias como la mía. A lo mejor algún becario, le suelto sin convicción, pero Fúlvio suelta una carcajada y al final me pregunta cuánto debo al arrendador. No me ofendería si me rellenara un cheque en ese instante, para luego poder pasar a una conversación más amena. Pero en vez de esto, se sorprende de que, con un matrimonio moderno como el nuestro, no cuente con la contribución de mi mujer Rosane para el alquiler. Sí, conoce bien a Rosane, una profesional destacada, a la que Denise contrató para hacer una preciosa biblioteca de madera de freijo, para poder trasladar todos sus libros a la finca. Recuerda que mi mujer ha subido a la sierra varias veces, ya para supervisar las obras, ya para bañarse en la piscina con Denise. ¡Vaya pedazo de mujer!, debe de estar pensando Fúlvio, que, al enterarse de mi separación, lo lamenta por Rosane: yo también he pensado en divorciarme de Denise, pero ella no sabría llevar una vida sola. En el tercer gin-tonic me invento una traducción al inglés de una novela mía que enviaré a unos productores de Los Ángeles tan pronto consiga los cinco mil dólares que la traductora cobró por el trabajo. Esa pasta te la sacas en un plis plas con un *crowdfunding*, asegura Fúlvio y, acto seguido, se levanta y sale hablando por el móvil en voz alta de asuntos de política. Da vueltas un buen rato de este modo por el club, y al volver me dice que me quede el tiempo que quiera, que lo que hemos consumido del bar lo han cargado a su cuenta. Se disculpa porque Denise le espera para cenar, me da una palmada en el hombro y deja dos billetes de cincuenta en la mesa. No es la propina para el camarero, sino su contribución al *crowdfunding*.

Siempre alabaré la integridad de mi padre, pero lo cierto es que nunca pasó apuros económicos, y mucho menos vivió la amenaza de un desahucio. Era propietario de un gran apartamento en la playa del Flamengo, gracias al sueldo que recibía por su cargo vitalicio en el funcionariado público. Podría haberse hecho rico de verdad, si aparte del salario hubiera acumulado bonificaciones, beneficios y privilegios más o menos legales que podían derivarse de su profesión. Remanentes de la época imperial, según él, que conducía su propio coche para ir al juzgado, pues prefería prescindir del vehículo oficial con chófer. Era decididamente un incordio, en opinión de sus compañeros menos estrictos. Como si, al erigirse como vestal del templo, mi padre los acusara tácitamente de prevaricar, aceptar sobornos, vender sentencias o delitos de ese género. En revancha, ellos se regodeaban insinuando que, si el magistrado Duarte quería dar lecciones de honestidad, empezara a hacerlo en su casa. La reputación de mi madre suscitaba comentarios velados hasta en mi escuela, que era frecuentada por los hijos de otros magistrados, pero yo nunca la defendí ni me di por aludido. A todos los efectos, yo era hijo del doctor Duarte, un médico de Brasilia, viudo.

Habría sido más difícil renegar de mi origen si hubiera obedecido a la voluntad de mi padre y hubiera seguido sus pasos en la facultad de Derecho. Sin embargo, no hizo falta darle el disgusto, pues quedé huérfano a los dieciocho años y me libré de estudiar en la universidad. Hice unos pinitos en publicidad, en comités de asesores de prensa y periodismo televisivo, mas si continué viviendo durante un tiempo en el inmueble art déco en el que nací y crecí, fue gracias a sus ahorros. Mantuve a una de las empleadas domésticas, que, aparte de lavar y cocinar, limpiaba las diversas habitaciones del apartamento, y con especial ahínco la de matrimonio, donde cambiaba semanalmente la ropa de cama. No sé si lo hacía por servilismo póstumo, o porque creía que yo me trasladaría allí de un momento a otro. De hecho, además de ser tres veces más grande que el mío, el dormitorio disponía de cuarto de baño y tenía vistas estupendas a la playa del Flamengo. La cama también era tres veces la mía, pero la idea de dormir en el lecho fúnebre de un suicida me daba escalofríos. Por otra parte, el lado izquierdo de la cama era el de mamá, cuando ocasionalmente se dejaba caer por casa. Allí debió de amamantarme, y donde acaso yo volvería a dormir sin sobresaltos, disfrutando de mis mejores sueños. Solo que el mismo lugar que evocaba la leche de ella, evocaba también la sangre de él, pues mi padre se empeñó en tumbarse en el lado de mi madre para suicidarse. Además, tampoco me apetecía mucho ocupar el sitio donde él quizá la buscaba para desquitarse tras meses de noches solitarias. Como tampoco soportaba imaginar a mi madre echándose hacia el lado de mi padre, buscando clemencia. Pues follemos en el centro, soltó con descaro la chica, impresionada con la historia que le estaba contando. A esas chicas frescas a las que me llevaba a casa solo les interesaba la habitación del juez por el baño con bidé y la cama *king size* con las estupendas vistas al mar. Así, poco a poco, fui perdiendo la aprensión a aquella cama nupcial, donde a veces éramos tres, cuatro, ocho, profanando todos los rincones. Hasta que al final me acostumbré a la cama de tal forma que, cuando tuve que mudarme a un piso más modesto, me la llevé y la hice encajar en una habitación donde no cabía nada más. Veinte años más tarde, jurándole sentar la cabeza y desposarla por lo civil, conseguí meter a Maria Clara en mi apartamento. Hasta le presenté la cama, pero pidió al carpintero que la convirtiera en leña para las barbacoas.

15 de abril de 2019

—¡Telepatía!

Al abrirme la puerta, Maria Clara me dice que pensaba proponerme que nos viéramos hoy mismo, y como prueba me enseña en la nevera lo que estaba preparando para cenar. La pieza de carne sazonada sobre una fuente es una paletilla de cordero, mi plato preferido de su repertorio. Lleva un corte de pelo Chanel y un vestido corto que deja a la vista las piernas enrojecidas, como las recuerdo las raras veces en que tomaba el sol. Dice que se ha pasado la mañana en la piscina, que ha nadado a estilo mariposa y espalda, que ha saltado del trampolín, y que se ha sentido como cuando era niña. Tenía muchas ganas de hacer ejercicio, como no hacía desde su embarazo. Para adelgazar ha empezado un tratamiento con enzimas, y me pregunta si me he dado cuenta de que está hablando en rimas. Incluso quiere hablar en decasílabos, mientras traduce del viejo britano *El sueño de una noche de verano*. Como cuando éramos novios, se divierte, da saltitos, ríe que ríe, hace juegos de palabras, me desafía con palíndromos del tipo «¡Oír Nerón, oh, honor en Río!». Sirve el pienso en el bol, acaricia la cabeza al perro y me lleva a su habitación, donde *El rey Lear*, *Hamlet* y *El sueño de una noche de verano* descansan sobre la cama. Trae del cuarto de baño un bote de crema hidratante, se vuelve de cara a la pared y me pide que le baje la cremallera del vestido, cerrado a la nuca. Aún no me creo que estoy poniéndole crema sobre la espalda ardiente, y antes de que mis manos se excedan, nuestro hijo entra en casa con estruendo. Abraza al perro, expresa su intención de sacarlo a pasear, pero la madre no lo dejará salir con el estómago vacío. Pone agua a hervir y le cocina al niño unos macarrones instantáneos, servidos con salsa de tomate en lata, uno de los peores platos de su repertorio. Luego la llamo aparte, pero Maria Clara ya ha adivinado qué me ha traído por su casa; está al corriente del ultimátum que he recibido de la compañía de seguros y no piensa dejar al padre de su hijo tirado. Sé que tiene una libreta de ahorros y, probablemente, inversiones en acciones o algo parecido. Siendo agarrada como ella sola, que me ofrezca una parte de sus reservas, aunque sea módica, lo entiendo como la más dolorosa de las demostraciones de amor. Mientras busco las palabras para expresar mi gratitud, Maria Clara me lleva a mi antigua salita, donde, además del escritorio y el estante giratorio, está el sofá cama en el que yo dormía las noches que me castigaba:

—Acabo de hablar con el niño. Se ha alegrado de que vayas a quedarte con nosotros hasta que encuentres un sitio nuevo.

Las mujeres tienen el don de enredar a un bobo como si le hicieran un gran favor. Puesto que no tengo alternativa, aceptaré resignado la hospitalidad de Maria Clara, sabiendo que entrar libremente en su casa será como tener la llave de una puerta que no abre por dentro. A partir de mañana, empezaré a traer poco a poco mis bártulos, pero para esta noche he comprado un garrafón de vino de Río Grande del Sur que estaba de oferta. Me extraña que tarden tanto en atender al timbre, y cuando mi hijo me abre la puerta, echo en falta el olor del asado. En el silencio del apartamento, oigo las zapatillas de Maria Clara, que aparece en el salón en camisón. Figurándome que se ha retrasado con la traducción, me ofrezco para ayudarla con el cordero, pero me mira con un gesto inexpresivo. Entra y sale del cuarto de nuestro hijo, que ya está dormido o finge estarlo, en compañía del perro, que apoya las patas delanteras en la cama.

—¿Dónde está mi marido? —pregunta Maria Clara.

Que yo sepa, nunca ha tenido otro marido, pero mi respuesta sobra, porque no se dirigía a mí. Pasa de largo a pasos lentos hasta la cocina, abre y cierra la nevera despacio, se arrastra hasta mi salita y repite con la voz pastosa:

—¿Dónde está mi marido?

Vuelve al dormitorio con los ojos cerrados y cae de bruces sobre el edredón de la cama. En su mesilla de noche encuentro lo siguiente:

- una caja casi entera de Alprazolam, comprimidos de 2 mg;
- una caja por la mitad de Dormonid, comprimidos de 15 mg;
- una caja casi vacía de Lexapro, 20 mg;
- una caja vacía de Prozac 20 mg;
- comprimidos dispersos no identificados.

En el cajón de la mesilla hay otras cajas de varios tamaños cerradas de otros tantos ansiolíticos, somníferos y antidepresivos. Recojo aquel arsenal de drogas y casi atasco el wáter de Maria Clara con las cajas de cartón trituradas, los blísteres y los comprimidos. Reparo en su móvil sobre el lavabo, con varias llamadas entrantes y salientes registradas de un tal doctor Kovaleski. Una voz con acento argentino atiende el contestador, me presento como el marido de la señora Duarte y le pido que me llame urgentemente al móvil de ella o a mi teléfono fijo, número tal. Me tumbo en el sofá cama de la sala de estar, llego a dar una cabezada, sueño que estoy castigado y que me duele la espalda. Me despierto con dolor de espalda, como siempre ocurría cuando dormía en aquel catre, y me levanto a echar un vistazo a Maria Clara, que ronca ligeramente, tumbada de través, en la cama de matrimonio. Aún no amanece, hago un estiramiento junto a la estantería, y de pronto recuerdo que debería revisar el último estante. Lo palpo de puntillas, me subo a una silla anatómica para ver mejor, pero no encuentro nada aparte de los muñecos de barro. Registro los libros de arriba abajo, y detrás de *Macbeth*, a la altura de los ojos de Maria Clara, está el maldito revólver, que cojo con la punta de los dedos. Tengo que hacerlo desaparecer, y mi primer impulso es tirarlo por la ventana, sin saber si está cargado o no. El bolsillo de mi sudadera es poco profundo para que quepa el revólver, y antes de entrar en el ascensor me meto la culata en el pantalón, sujeta por la goma, con la sensación escalofriante del cañón frío contra la ingle. El bulto resulta sospechoso, algo priápico, y no escapa a la mirada del delicado portero de noche. Fuera no hay movimiento, pero, a medida que subo la cuesta, noto que la cintura elástica se afloja, pues no puede sostener el peso del arma. Cruzo al otro lado de la calle, en un tramo donde no hay edificios, y busco dentro del pantalón el revólver, que ya empezaba a escurrirse por el muslo izquierdo, y vete a saber si no se dispararía al caer al suelo. Sigo mi camino por la acera estrecha y oscura, con el arma en la mano, sin riesgo de cruzarme con peatones a estas horas de la madrugada. Me siento invisible hasta que el guarda de seguridad de la casa del cónsul japonés me saluda:

—¡Usted sí que sabe, maestro! ¡Hay que acabar con esa raza de sinvergüenzas!

El vozarrón resuena, y al momento aparecen siluetas en las ventanas, gente que levanta el pulgar y aclama:

¡Estamos juntos, guerrero! ¡Contamos contigo, campeón!

16 de abril de 2019

—¿Doctor Kovaleski? Ah, eres tú. No, estoy solo. Sí, puedes hablar. Yo nunca cambio de idea. Sí, la verdad es que soy cabezota. No te he entendido. Repite. ¿En serio? Claro que sí. ¿Mañana? Es muy precipitado. No sé si podré. Tranquila, tranquila. Espera un momento, no cuelgues. Lo arreglo para mañana. A las nueve de la noche, perfecto. ¿En tu casa? Vale, pero ¿y el tipo? El tipo, ya sabes a quién me refiero. Nunca me acuerdo de su nombre, ¿Julio César? Eso, Napoleão, sabía que era un soldado. ¿Y si decide aparecer por tu casa? No, de miedo nada, es solo para saber si tengo que ir armado. ¿Nunca, en serio? ¿Nunca ha dormido en nuestra cama? Dentro de poco me dirás que nunca te acostaste. Perdona, Rosane, pero es que has sido tú quien ha empezado a hablar de él. Vale, vale, no discutamos ahora por culpa del viejo. Sí, yo también lo soy, pero todavía me dejo arrastrar por las olas. Ya verás, mañana. Espérate. Un beso hasta entonces.

El doctor Kovaleski mide casi dos metros de altura, y al ver que abría la puerta de Maria Clara, he llegado a pensar que podría ser el marido por el que tanto preguntaba. Me quejo de haber pasado la noche en vela esperando a que llamara, pero alega que no es ético hablar de sus pacientes con desconocidos. Que este charlatán me llame desconocido me irrita y me lleva a replicar que falta de ética es atiborrar la cabeza de mi mujer con sustancias psicotrópicas. En realidad, se me informa de que Maria Clara encontró la manera de comprar medicamentos sin receta en farmacias clandestinas, que, aplicando un sobreprecio, abastecen a domicilio a los drogadictos. Para prevenir nuevos excesos, el doctor Kovaleski ha contratado a Marinalva, una mujer robusta que acaba de salir de mi salita vestida de enfermera. Me despido del médico y sigo a Marinalva hasta la cocina, donde Maria Clara está sentada sobre un taburete con una calabaza de mate sobre el muslo izquierdo. Da un sorbo, me mira sin sorpresa y se limita a decir:

—Ocúpate de tu hijo.

Mi hijo no ha ido a la escuela y está acostado en su cama, entretenido con un juego en el móvil de su madre. Como ya empiezo a conocer su manera de ser, finjo que he entrado en su cuarto por amor al perro, que me corresponde lamiéndome y moviendo el rabo. A los pocos minutos, estamos los tres bajando la cuesta, yo al lado del crío y el perro que nos sigue sin correa, parándose en cada poste y echando a correr luego, para alcanzarnos. Calculo que no me quedan muchos años de poder caminar sin esfuerzo, paso a paso, con mi hijo. Cuando crezca unos centímetros más, también será menos cómodo andar con él como hago hoy, apoyando la mano en su nuca. Así, lo conduzco sutilmente por las calles del Leblon, como solía hacer con las mujeres pequeñas, que en general no tienen sentido de la orientación. En sus breves andanzas por el barrio, mi hijo no debe de haber llegado siquiera al paseo de la playa. Tampoco el perro, que, a pesar de esto, en cuanto ve el mar salta a la arena y sale disparado al agua. Podría intentar impedírselo, pues hay una ley que prohíbe animales en la playa, pero creo que la guardia civil hace la vista gorda a los perros de raza y a los dueños con pedigrí. Corriendo tras el perro, mi hijo parece un pueblerino en zapatillas deportivas por la arena, hasta que frena al llegar al agua. ¡Faulkner!, ¡Faulkner!, grita, al ver al perro saltando las olas, adentrándose allí donde rompen. Sería una buena ocasión para exhibirme, quizá dejándome arrastrar por una ola con Faulkner, pero miro atrás y veo a mi hijo entrando en el mar en zapatillas, aturdido, nadando como un perrito. Lo cojo de la mano y lo llevo de vuelta a la arena, donde Agenor, el socorrista, nos espía, divertido.

Los labradores, según Agenor, son nadadores excelentes, y a algunos hasta los adiestran para prestar auxilio en ahogamientos. Le pide a mi hijo que agite los brazos, y, al instante, el perro se pone a nadar hacia él con una aleta en la boca. Mientras ellos ruedan por la arena, Agenor me confía su miedo a perder a Rebekka. Me dice que le haría un gran favor si me pasara por su casa un día de estos, y no solo para disipar la mala impresión de la primera visita. Quizá solo yo pueda disuadirla de regresar a su país, como está pensando desde los derrumbes y muertes del último temporal. Últimamente, se le ha metido en la cabeza que las rocas de lo alto del cerro pueden caer rodando sobre nuestras cabezas de un momento a otro. Él ya le ha explicado que esas rocas están ahí desde la era de los dinosaurios, pero la palabra de un sargento no es comparable a la de un intelectual como yo.

—¡Duarte!

Me quedo pasmado al oír a mi hijo llamarme así y, al darme la vuelta, recibo una bola de arena en toda la boca abierta. Le doy un apretón de manos a Agenor, le digo hasta pronto escupiendo arena, y salgo corriendo tras el niño, que corre tras el perro, que corre tras de mí, que corro tras el niño y, así, cae la tarde.

17 de abril de 2019

Cuando Rosane me sonríe, sus mejillas parecen postizas como dos manzanas. Se habrá hecho un relleno facial o se habrá puesto bótox, pero no me importa. Ya puede recibirme excesivamente maquillada, con anillos y pulseras de oro, ya puede tener una estatua dorada en el salón, que no me importa. Hasta puede decir las mayores sandeces, y jurar por Dios que la tierra es plana, lo que sea. Porque en la Rosane que hoy me lleva a la cama en lencería de seda aún veo a la que un día surgió del mar en un biquini blanco sobre la piel morena. Claro que aquella imagen tiende a desvanecerse en mi memoria, pero no me supone un problema. Tampoco es de ahora que sus recuerdos vayan migrando a mi imaginación, a veces hasta es una ventaja. Si hubiera podido, habría poseído a Rosane al primer vistazo, en el instante en que la vi salir del agua. Aun así, la Rosane que habría poseído entonces, no sería comparable a aquella que, al mismo tiempo, habría imaginado poseer.

Por esta mujer que duerme, abandoné ciegamente a una familia estable y una novela inacabada. Me traje una maleta con ropa y un portátil en blanco, el mismo equipaje que tres años más tarde me llevaría de allí. Pasé por este apartamento como un gato, colándome entre los objetos de la dueña. Su pizarra, sus pinturas, sus papeles vegetales y cartulinas, sus cerámicas, sus lámparas de pie, su jarrón de Murano, su mesa lacada con libros de arte, todo lo que allí había fue para mí siempre impersonal. Si hoy me diera la vena de robar algo, no habría donde escoger. A lo sumo podría abrir una botella de Black Label que acabo de ver en el aparador, junto un balde con hielo derretido. Lleno el balde con hielo del congelador y me sirvo el whisky que Rosane no tuvo tiempo de ofrecerme. Circulo por el salón balanceando el vaso, me miro en el espejo rococó, mi rostro se me antoja interesante, mordisqueo unas fresas en la cocina, voy al baño, entro en el cuarto de los niños que no tuvimos, que ahora está abarrotado de cajas de embalaje sin nada dentro, tubos de planos de arquitecto vacíos, marcos sin cuadros y portarretratos sin fotos. Vuelvo al dormitorio, donde está sumida en un sueño profundo como el de Maria Clara, pero sin haber recurrido a sedantes, sino gracias a los favores de este caballero. En la mesilla de noche hay un estuche de marfil con un fajo de euros, tal vez miles de euros que me arreglarían la vida, pero que rechazo como una bagatela. Antes de irme, tomo otra copa de whisky, que vuelvo a llenar para el camino. Lanzo una última mirada al salón, y la estatua dorada me pone de malhumor. La agarro por el pescuezo y, con un golpe de judo, consigo derribarla, pero no podrá volver a ponerse en pie salvo con la ayuda de dos hombres fuertes. A los transeúntes con los que me cruzo de vuelta a casa, alzo el vaso en un brindis con la misma mano derecha con la que el otro día empuñaba el revólver. El vaso de whisky parece provocar indignación.

18 de abril de 2019

—La creyente anda por la casa cantando salmos o declamando los proverbios de la Biblia, y no cierro la puerta del dormitorio porque me han quitado la llave. Entra sin llamar, interrumpiéndome mientras trabajo, solo para preguntarme si estoy en paz, y si me quejo dice Dios Santo. Mientras traducía una escena crucial de *Otelo*, me preguntó si conocía la Epístola a los Romanos del apóstol san Pablo, y se puso a leer aquello sin más. A los veinte minutos volvió a entrar para contarme que en el tren iban dos muchachotes de la mano y que los echaron a patadas del vagón. Leyó el versículo de san Pablo que condena a los sodomitas, se puso a hablar de mujeres disolutas que pecan contra la naturaleza, hasta que en un momento dado perdí los estribos: me puse a dar cabezazos contra la pared hasta que se calló. Ya he hablado con Kovaleski, para que despida a esta loca y seleccione mejor a sus empleadas. Pero que no vuelva a enviarme a Dandara, la del turno de ayer, que revolvía mis braguitas, ni a Marinalva, del de anteayer, porque el aliento le apesta a aguardiente. Si seguimos así, prefiero acabar despidiendo a Kovaleski.

—Ya he entendido que no quiere escuchar la palabra del Señor, y no insistí en las Escrituras con mala intención. Pero me molesta que me diga que el mísero salario que me paga al día no es por los servicios de una pastora. Después me echa en cara que soy una mera auxiliar de enfermería, y no una enfermera para llevar uniforme blanco. Si entro en su dormitorio, es porque el doctor me indicó que vigilara a la pobrecita, cada veinte minutos. Le administro los medicamentos recetados a la hora que le tocan, aun cuando estoy convencida de que la cura para los males del alma se encuentra en la fe en Cristo, no en la medicina. Creo en lo que predican los Evangelios, y por muy profesora y doctora que sea, no tiene derecho a burlarse de mi ignorancia. Tengo suficientes estudios para que esté a mi cargo y también sé quién es Shakespeare, al que tanto lee en su dormitorio. No lo he leído, pero sé que escribió un montón de tragedias aparte de *Romeo y Julieta* y, si fuera rica, leería todos esos libros en inglés. Pero resulta que vivo en las afueras y, de casa al trabajo, tengo tres horas en tren, metro y autobús. Si tengo suerte, encuentro un asiento libre, ¿y qué hace cualquier trabajador tanto rato sentado, aparte de ver indecencias de internet? Pues nosotros leemos la Biblia, que se consigue casi gratis en cualquier iglesia, donde el pastor nos aclara el lenguaje cifrado de los profetas. Ahora he visto que la señora está traduciendo la obra *Otelo* al portugués, muy bien hecho. Podría distribuir los libros en la estación para ver a todo el mundo leyendo a Shakespeare en el tren.

—Tienes mil motivos para estar con los nervios a flor de piel, querida. A nadie le gusta toparse con desconocidos en su propia casa, pero peor sería que estuvieras ingresada en una clínica, lejos de tus libros y tu hijo. Kovaleski me ha asegurado que el confinamiento domiciliario es la mejor solución en tu caso. Aquí aún tenemos la suerte de que hay telas de protección instaladas en las ventanas por el niño, aunque nadie crea que vayas a cometer una locura. Aun así, Kovaleski se llevó un susto al enterarse de que tenías un revólver y, obviamente, aprobó la prevención que adopté. Hasta me he propuesto hacer las veces de acompañante, pero él no prescinde de las profesionales de su equipo. De cualquier modo, hoy mismo traeré mis cosas para acomodarme aquí. Veré si convenzo a la enfermera de que ocupe el sofá del salón, para que yo tenga privacidad para dormir y revisar mi novela en la salita. En última instancia, hasta puedo dormir en nuestra cama, pero a lo mejor a ti no te parece apropiado.

—Hueles a tu puta, Duarte.

—Habla bajo, Maria Clara, que el niño te oye.

—Apestas a puta, Duarte.

—Duarte, llévame otra vez a la playa.

—Tú tendrías que estar en la escuela estudiando portugués. Un hijo mío no hace novillos.

—Disculpe, señor, pero hoy es festivo, es Viernes Santo.

—No he pedido su opinión, doña Jéssica. Por algo dice Maria Clara que es usted muy entrometida.

—Me he enterado que le ha pedido mi cabeza al doctor, pero me da bastante igual. Está escrito: La salvación de los justos es del Señor; Él es su fortaleza en la adversidad.

—Buenos días, Duarte, buenos días, chicarrón, buenos días, Jessica. Esta es Sabrina. ¿Maria Clara está dentro?

—Estoy aquí, Kovaleski. Duarte, aprovecha que está la puerta abierta para volverte con tu puta.

19 de abril de 2019

Hola, me dice en un tono quejicoso, aunque el lamento no me viene mal. Ayer por la mañana me echó de menos en la cama, pues, como ocurre con la mayoría de las mujeres, le gusta dormir y despertarse junto a la persona amada. Entonces le prometo que la próxima vez dormiré en posición de cucharita, si es que me concede una próxima vez. Habrá muchas más próximas veces, según quiera Rosane, tantas como su agenda le permita. Para poner las cosas fáciles, me ofrezco a ir a su casa ahora mismo. Puedo mudarme ya, y me disculpo en este instante por tumbar al suelo tu muñeco, que con la ayuda del portero lo pondré de pie otra vez. No me incomoda vivir solo, esperándola, y me las apaño con dos mudas de ropa y el portátil. Usaré el cuarto de baño con parsimonia, yo mismo me prepararé comidas frugales y, en la medida de lo posible, contribuiré a los gastos de la casa. Sin embargo, a Rosane, la propuesta le parece absurda, sería como revivir nuestra relación frente a la playa, con un amante en la parte alta del bosque. En cambio, desde mi punto de vista, ella sigue siendo una mujer comprometida que vive en el bosque, y baja a la costa a encontrarse con su amante. Napoleão no lo aceptaría, dice Rosane. ¿Cómo que no? Me gustaría saber en qué momento ella me pidió permiso a mí para congraciarse con el viejo cuando estábamos casados. Según ella, Napoleão es *cool*, tiene la mente abierta, pero aun así no lo acepta todo; una cosa es que ella tenga sus aventuras por ahí, otra muy distinta es que tenga un amante fijo en su apartamento. Si le faltaba decir que el cornudo está al corriente de nuestro encuentro, ya está todo dicho; no solo lo ha permitido, sino que lo ha incentivado, y a la mañana siguiente estaba ansioso por que se lo contara todo. Ahora ya está realmente interesado en conocerme en persona, porque oye mi nombre casi todas las noches.

Río, 20 de abril de 2019

Querido Ronald:

Hace más de cinco años que no hablamos, pero siempre recuerdo nuestras cenas deliciosas en São Paulo: tú, Cris, Maria Clara y yo. Lamento únicamente que nos distanciáramos después de que dejaras la editorial para fundar la editorial Anhangabaú. Aunque desconozco los verdaderos motivos por los que te fuiste, y al tener un vínculo afectivo con la casa que me dio a conocer, confieso que en esa ocasión me sentí desamparado y, ¿por qué no decirlo?, traicionado. Durante nuestra convivencia profesional, tus observaciones fueron siempre inestimables, incluso las más duras, como editor de mis originales; acaso no sea casualidad que no haya vuelto a publicar nada más desde entonces. Ahora, por fin, estoy a punto de terminar otra novela, pero mientras la escribía me di cuenta de que aún eres el fantasma del que busco el sí y el desagrado,* por citar a tu poeta más apreciado. Esos años de bloqueo creativo fueron necesarios para que viera a mi antigua editorial con la distancia debida. El viejo Petrus, al que yo tenía por un hombre culto, sensible y gran amante de la buena literatura, ha resultado ser un comerciante cutre. No tengo nada en contra de alguien que hace de los libros un buen negocio, al contrario, sobre todo en un país donde solo florece el comercio de armas. Lo que me ha decepcionado de él no es su desconsideración para con un autor de la casa, sino que tenga una visión inmediatista que no encaja con el *savoir faire* comercial del que tanto alardea. Con él tengo doce títulos, que podrían volver a publicarse de vez en cuando, aunque solo fuera para que mi nombre siga sonando en el mercado. Pero por avaricia, prefiere excluirlos del catálogo, lo cual, en este momento, me permite denunciar incumplimiento de los contratos, recuperar mis copyrights y renegociarlos con quien a mí me parezca. Me niego a vender mi obra al mejor postor, o a repartirla entre varias editoriales, pues no me mueve la codicia. El deseo de restablecer nuestra cola-

---

* Alusión a un poema de João Cabral de Melo Neto. (*N. de la T.*)

boración, aparte del esmero formal de tus productos, me decidió a dar prioridad a la editorial Anhangabaú, con la que, si fuera de tu interés, estoy libre para firmar un compromiso sin demora. Podría desplazarme a São Paulo esta semana mismo, y como un contrato de exclusividad presupone un pago vinculante, estipulo un adelanto a modo de valor simbólico, digamos, de en torno a los diez mil dólares. Además de los doce títulos mencionados más arriba, puedo afirmar sin modestia alguna que te llevarás de propina la joya de la corona, la novela que estoy finalizando, que estará abierta a tus valiosas correcciones. Por último, si tú y Cris me concedierais el placer de acompañarme, mi viaje a São Paulo incluiría una cena en aquel tailandés fantástico al que fuimos hace tantos años, aunque esta vez a mi cuenta.

Recibe un fuerte abrazo,
Duarte

22 de abril de 2019

Vista desde aquí abajo, aquella multitud de color tierra que desciende por el cerro del Vidigal parece un derrumbamiento. Al llegar al pie de la favela, sus habitantes cierran la avenida Niemeyer e increpan a gritos a los policías de turno. No tardan en llegar refuerzos: un escuadrón antidisturbios de policías con máscaras y un vehículo blindado con calaveras estampadas en la chapa. Durante unos minutos, parece una partida empatada entre los manifestantes que agitan sus pancartas de papel, y los soldados inmóviles tras sus escudos de acero. Basta una nimiedad, una piedra, un insulto, una seña, la menor chispa, para que se desencadene el conflicto, y los escudos carguen contra las pancartas. Un posible líder comunitario ordena por el megáfono a los manifestantes que retrocedan, y estos empiezan a dispersarse por la avenida. Pero ya es tarde, porque el escuadrón echa mano de bombas de gas lacrimógeno, espray de pimienta y balas de goma y reparte porrazos en un combate cuerpo a cuerpo. Esta noche tenía previsto visitar a Agenor, pero está claro que, tan temprano, no voy a encontrar un mototaxi que me suba al cerro. Viendo que la batalla se extiende por la avenida, considero que lo más prudente es alejarme de allí e irme a casa. En ese momento, capta mi atención una chica con un pañuelo en la cara, que aparece en medio de la nube de humo, y da una certera patada con el pie izquierdo a una bomba de gas que humeaba sobre el asfalto en dirección a los policías. Cruza la calle corriendo hasta mi acera, y no creo que pueda haber dos rubias pecosas en la misma favela: Rebekka, la llamo con la voz ahogada en medio de los cañonazos. La cojo del brazo para impedirle que vuelva al centro del tumulto, pero, con el ímpetu de desprenderse, me asesta un codazo en toda la boca. Perdona, se disculpa Rebekka, que, a primera vista, parece que tiene los ojos congestionados y no ve bien. En cuanto me reconoce, grita mi nombre y aplica presión con su pañuelo sobre mi labio interior para detener la sangre. Quiere llevarme a una farmacia, pero está rodeada de policías beligerantes, y tengo que recordarle que es extranjera y que por tanto pueden detenerla y deportarla por participar en protestas en el país. Al final accede a alejarse de allí conmigo, y después de andar unos cien metros llegamos al Sheraton, un hotel de lujo en el que la policía solo entra si va a la caza de chabolistas. Saludamos a los guardas de seguridad en inglés, y en la terraza de la barra americana pido una caipiriña solo para ella, porque dos cuestan más que el presupuesto que tengo para el mototaxi. Le pregunto por Agenor, y ella me responde encogiéndose de hombros, enseñándome el móvil, donde constan tres llamadas perdidas de Cariñín. En el mismo dispositivo le han llegado mensajes con nueva información sobre la muerte del residente de la favela muy querido por todos. Su hijo era alumno de inglés de Rebekka, pero eso no era motivo suficiente para que Agenor accediera a que su mujer saliera a la calle. No quería verla mezclarse con traficantes que, según él, estaban detrás de esa manifestación. Él siempre le dará la razón a sus amigos de la policía, que arriesgan la vida al enfrentarse a los delincuentes del cerro. Pero aquel no era un delincuente, sino un barrendero al que mataron por la espalda, y por despecho Rebekka se niega a contestar una nueva llamada de Agenor. Ya más tranquila, aplica cubitos de hielo de la caipiriña sobre mi labio hinchado y aprovecha para decirme lo mucho que le gustó mi novela, que estuvo a punto de encargar más libros míos por internet. Hasta había pensado ir a buscarme a mi casa para aclarar unas dudas, porque le gustaría traducirme al inglés sin compromiso, *just for fun*. Me habría llamado si hubiera tenido mi contacto, así que ahora, con mi permiso, lo guardará para escribirme desde Holanda. Río de Janeiro sigue pareciéndole la ciudad más maravillosa del mundo, pero quiere distancia. En Utrecht se reencontrará con el Río de su infancia, y desde allí amará a su Orfeo eternamente. Se me ocurre que podría transmitirle lo que Agenor me había pedido, tranquilizarla al respecto de posibles inundaciones, derrumbamientos o desprendimientos de rocas de lo alto del cerro. Pienso en decirle que Agenor en el fondo es un hombre bueno, que no merece que lo dejen. Pero en vez de todo esto, le digo que me moriré de pena si se va. Sonriendo, le pregunto si se quedaría conmigo si yo fuera veinte años más joven. Sonriendo, me responde que sí, y si fuera veinte años más negro.

—Hola, cariñín. Que ahora voy para arriba. Estoy en la farmacia. Me encontraba mal, tenía náuseas, dolor de barriga. ¿Estás en la avenida? Sí, he salido de la farmacia hace nada, he tenido que meterme en el hotel. No es un motel, es un hotel. ¿En serio tengo que decírtelo? He entrado en el Sheraton para hacer caca, ¿contento? Entonces ven a buscarme a la entrada.

Cuelga y se despide con prisas. Me pide que me espere una horita antes de salir, porque a saber de lo que sería capaz si nos viera saliendo juntos de un hotel.

—¿Te mataría?

—Claro que no. Te mataría a ti.

24 de abril de 2019

Esos cicateros que administran la finca han despedido al portero de noche que, a mi petición, acostumbraba a filtrar las visitas, despachando a las indeseadas. Como resultado, esta noche al atender el interfono, he sido sorprendido por el acento paulista de Petrus, que me había dejado recados en el contestador automático y debe de tener ganas de exigirme explicaciones. Seguramente viene armado con la indiscreción del otro, pues los editores se ponen verdes por la espalda, pero cuando se trata de explotar a sus autores son muy colegas. En nombre de una amistad distante, enciendo la cafetera para recibirlo, pero quiero que repare en que el café es recalentado. Petrus se presenta en traje y corbata, quejándose del calor de Río, donde ha venido para promocionar un libro por el que la editorial apuesta fuerte. Del maletín marrón saca un ejemplar de la novela para dármelo; es de un autor joven, cuyo nombre no he retenido, la gran revelación de la literatura brasileña moderna. Según Petrus, tiene una prosa fresca, y le recuerda algunos de los mejores momentos de mi primera y más brillante época. Con el café ya frío en la taza, sigue hablando sin parar de su protegido, con un arrobo casi homosexual. Poco a poco empieza a hablar más lento, vacila y, dejando la mirada fija, acaba callándose; el revólver de Maria Clara, que he dejado en la estantería del salón, está casualmente apuntando a su cabeza. En un abrir y cerrar de ojos, Petrus se olvida de la sensación literaria del momento y me asegura que el motivo principal de su visita me alegrará muchísimo. Ahora saca del maletín marrón una tablet y me habla de la excepcional idea que han tenido en su departamento de marketing. Han caído en que en este 2019 se cumplen doscientos años del nacimiento de María II, reina de Portugal, la hija mayor de Pedro I. Es decir, doña Maria nació en Río de Janeiro durante el reinado de su abuelo Juan VI, lo cual coincide con el tema y escenario de mi novela *El eunuco de la Corte Real*. A propósito, en el último capítulo del libro, la pequeña aparece sentada en el regazo de su abuelo cuando asisten al concierto de despedida del castrato Abelardo Nenna. Para conmemorar la efeméride, y teniendo en cuenta el creciente sentimiento monárquico en nuestro país, los publicistas han pensado en sacar una edición de lujo de mi novela, que se lanzaría simultáneamente en Brasil y en Portugal. En la tablet puedo ver las imágenes de algunas de las ilustraciones que acompañarán mi texto: el parque de Boa Vista, los petimetres de la nobleza, los aristócratas con peluca, la mansión colonial, el bosque virgen, los curas, los militares, los lacayos en librea, los tílburis, los carruajes, los cocheros, los caballos y los esclavos. Emulando un arcón, la cubierta de cuero presenta un blasón del Reino Unido de Portugal, Brasil y el Algarve, así como el título del libro y el nombre del autor y la editorial en letras barrocas en relieve dorado. Todo esto me parece un tanto artero, pero no por ello dejo de felicitar a Petrus antes de firmar y rubricar ocho copias de la renovación de los contratos de cesión de mi obra completa, incluida la novela inédita. Con un gesto pródigo, rompe los recibos de mis préstamos pasados y me obsequia con un adelanto de once mil dólares, que serán convertidos en reales al cambio del día, e ingresados mañana en mi cuenta bancaria.

29 de abril de 2019

Quien a mi hijo besa, mi corazón apacigua, reza el proverbio. A fin de apaciguar a Maria Clara, llego a su puerta con una tabla de surf plateada que he comprado para el niño, ahora que soy rico. Ella misma me hace pasar, me besa en las mejillas y me da las gracias con efusividad por el regalo, creyendo que es para ella. Incluso pensaba que escuché al otro lado de la puerta una conversación que tuvo al respecto con Laila, que está pendiente de una autorización del doctor Kovaleski para poder llevarla a la playa. Laila lleva una blusa roja, en vez del uniforme habitual de sus compañeras, y es conocedora del valor terapéutico de los deportes acuáticos. Ella misma, en su primera juventud, fue aficionada al surf, al windsurf y al kitesurf, y había prometido a Maria Clara darle unas clases. Te toca a ti, dice Maria Clara sentándose delante de ella en el suelo para seguir con la partida de dominó. A tres es mejor, dice Laila, anulando la partida para redistribuir las fichas entre nosotros. Hace tiempo que no juego al dominó, pero nunca había visto piezas como las que tengo en la mano, que llegan hasta doce puntos en cada cuadrado, algunos de colores. Laila me informa de que es el dominó cubano, y sospecho que se ha confabulado con Maria Clara para ganarme. Finjo que no me doy cuenta cuando se intercambian fichas furtivamente, feliz de ver que Maria Clara por fin se entiende con una acompañante. Hasta comparten la cama, donde Laila la ayuda a dormir con lecturas tal vez algo aburridas, si bien más eficaces que cualquier somnífero. Ha llegado a traer panfletos del SATEMRJ, el sindicato de su categoría, en el que suele alinearse con los comunistas. Quería llevar a Maria Clara a una reunión del partido, pero el doctor Kovaleski se opuso, pues cree que podría deprimirse. Mientras están distraídas con sus asuntos, intercambiando sonrisas y miradas, me permiten hacer progresos en el juego, y cuando estoy a punto de ganar la segunda ronda, el perro pone las patas sobre las fichas y se carga la partida. Bravo, Faulkner, exclama Maria Clara, que normalmente es intolerante con el adorado animal del niño, al que poco le faltó para despedazar al gato que lo precedió.

Es precisamente a propósito del niño que me habla el portero cuando atiendo el interfono. Con el perro a la zaga, bajo corriendo a la portería, donde me topo con un grandullón con la cabeza rapada, que acaba de darle un guantazo en toda la oreja a mi hijo. Le suelto un grito y saco pecho, sin realmente pretender enzarzarme con aquel gigante. El perro, en vez de defender a sus amos, se queda quieto, babeando con la lengua fuera, aun cuando aquel imbécil me empuja y señala a su hijo, que está sentado en el suelo. Es un niño gordo, igualito al padre, que llora, con un ojo morado y la boca llena de sangre. Lo siento mucho, pero una pelea de niños no le da derecho a pegarle a mi hijo.

—Que te jodan —me dice—, yo a ti no te conozco.

—Yo a ti tampoco.

—¿Vives en el edificio?

—Eso no es asunto tuyo.

—¿Vives aquí o no?

—Viví aquí hace trece años.

—¿Vive aquí o no?

—No, señor —responde el portero.

El grandullón se abre el chaquetón y saca un revólver.

—Entonces largo de aquí.

—Tranquilo, tío.

—Date el piro ya.

Y mi hijo:

—Duarte, vamos a la playa.

Yo habría preferido entrar en el agua más adelante, pero el perro decide saltar a la arena y meterse en el agua justo delante del puesto de socorro. El mar está en calma, idóneo para enseñar a nadar a mi hijo, aunque al principio siento un extraño pudor al cogerlo por la cintura desnuda. Sostenerlo por la barriga, hacerle mover brazos y pies, eso es lo mínimo que se espera de un padre, pero en ese momento Agenor entra en el agua e interrumpe la lección. Lanza al muchacho al aire, lo deja hundirse, vuelve a lanzarlo, a soltarlo, lo atrae hacia sí, y el niño se le agarra al cuello, ancho como un tronco. Arroja otra vez al niño, aún más lejos, le dice que vuelva, le ofrece la mano, se aleja, se aleja un poco más para animarlo, y mi hijo se cuelga del tío Agenor, como ya lo llama. Entonces finge que va a entregármelo, solo por el gusto de ver cómo pasa de mí, y suelta una carcajada al tiempo que lo estrecha en sus brazos. Este hombre se cree que, por haberme librado de la muerte aquel día, ha conquistado derechos sobre la vida que me queda, como el de ocupar mi lugar como padre. Al salir del mar con el niño en hombros, me dice que lamenta no haberme visto últimamente y me pregunta si sigo tan ocupado con mi libro. Me muerdo la lengua para no responderle que he estado ocupado en un hotel con su mujer y que, yo que él, no la dejaría ir por ahí con esos pantaloncitos cortos que le marcan el bonito culo que tiene. Rebekka está de maravilla, me dice, no ha vuelto a hablar de irse, ni de la amenaza de un posible derrumbe en el cerro. Hasta ha mencionado que en su ciudad natal ha habido un atentado y que lo bueno de aquí es que, por el momento, no tenemos terrorismo. Tiene previsto hacer una barbacoa para sus amigos y, por supuesto, yo y mi hijo estamos invitados. Ha quedado en organizarla para el domingo, que es el Día de la Madre, lo cual a Agenor le parecía una indirecta. Él, que no tiene hijos, lo daría todo por tener un mulatito de pelo claro.

5 de mayo de 2019

—¡Abre la puerta, gilipollas!

Es un grito ahogado que llega del fondo del vestíbulo, y el portero corre a abrir el ascensor. Un joven bajito y encorbatado despotrica contra el empleado por tardar en atenderlo:

—Ese gilipollas aún no ha entendido que tiene que abrir la puerta no solo a quien entra, pero también al que sale del ascensor.

Yo no conocía el protocolo, y el bajito me llama cretino porque, en vez de darle la razón, supuestamente me estaba riendo de él. La verdad es que estaba contento, porque me estaba dando el lujo de llevar conmigo una botella de Cristal, el champán preferido de Rosane, para regalársela por su cumpleaños. Sin saber si estaba o no en casa, tenía la intención de dejar el paquete en la portería con una nota, pero el portero, aturdido aún por la situación, se precipita a llamar al apartamento. Rosane insiste en que suba, y me recibe en albornoz porque se disponía a darse un baño. Me da un besito en los labios por el champán, y está feliz de la vida porque he accedido a celebrar la fecha en casa de su prometido. Me prepara un whisky, ya que no da tiempo a enfriar el champán, y deja caer el albornoz de camino al dormitorio, donde también me desvisto y me acomodo en la cama. En vez de venir a acostarse enseguida conmigo, saca del armario su vestido de fiesta para enseñármelo. Es largo, con un estampado con barras y estrellas, que recuerda la bandera de Estados Unidos. Después coge de la mesilla de noche el regalo que le hizo su hijastro, un payasito de goma que, al apretarse, suelta un chorro de cocaína por la nariz roja. Quiere que me sirva algo del polvo blanco para pasar más a gusto la velada, pero le repito que no, que no me apetece confraternizar con ese viejo mirón. Si es que eres un soso, me dice. Cuando una mujer temperamental como Rosane se enfada, las puertas sufren, en especial la del cuarto de baño, que nunca en los tres años de casados se llegó a cerrar de tal porrazo. Paralizado a los pies de la cama, ahora oigo el portazo al cerrar la mampara de cristal irrompible y, a continuación, el siseo de la ducha. Sabe muy bien que, por costumbre, me sentaré sobre la taza para ver cómo se ducha; ahí está su cabello negro, cubierto de espuma, que resbala sobre su piel bronceada. Se enjabona despacio los hombros, los brazos, las axilas... y salvo por los pechos, que ahora son más turgentes y grandes que los naturales, conozco mejor a Rosane desnuda que vestida. No obstante, a medida que recorre su cuerpo con el jabón, el vapor asciende por sus piernas y no tarda en empañar del todo el cristal de la ducha. Ahora solo distingo una silueta en movimiento, y cuanto menos veo a Rosane, más la deseo. Entonces entro en la ducha y me dispongo a cumplir sus deseos, como hacerlo de pie, pero, de pronto, me imagino que estoy con Rebekka.

6 de mayo de 2019

Duarte debe de haber soñado con Rebekka, porque al abrir los ojos aún pensaba que estaba a su derecha, en la cama, acaso en un motel de la avenida Niemeyer. A continuación repara en su cabello teñido de rubio, y al levantar ligeramente la sábana ve el cuerpo de una mujer mayor que él. No reconoce su rostro, con manchas de rímel esparcidas sobre la almohada, y tampoco identifica aquella habitación espaciosa de techo alto, como las de los pisos antiguos de Río. A través de la cortina traslúcida, vislumbra la playa del Flamengo, tal cual se veía desde el dormitorio de sus padres y, por un instante, imagina que está acostado con su propia madre resucitada. Por miedo a despertar a la mujer, recoge en silencio su ropa del suelo y sufre al intentar arrancarse una pulserita en la que pone DUARTE en letras fosforescentes. Entonces recuerda que fue Rosane quien se la puso en la muñeca al pasar por delante de los guardas de seguridad de la fiesta en un coche conducido por el chófer del dueño de la casa. Situada en un parque de árboles ancestrales, la casa era un monumento neoclásico con columnas dóricas, sobre una colina con vistas a la bahía de Guanabara. Al cruzar el portal de la entrada, Duarte tuvo la impresión de que los salones estaban del revés, pero enseguida se dio cuenta de que todas las luces de la casa provenían de unos grandes círculos de vidrio lechoso, integrados en el suelo. Se deshizo en elogios sobre el proyecto luminotécnico de Rosane, que en ese momento ya no estaba a su lado, donde ahora había un camarero vestido de sota de copas. Duarte circuló por la fiesta bebiendo champán y observando a las chicas en minifalda que bailaban música electrónica, sobre las luces de led que blanqueaban sus muslos. De cintura para arriba, una zona de penumbra cubría a los que danzaban, y sus pulseras personalizadas fosforecían en sus brazos levantados. Bailaban solos o en pareja, sin mirarse, absortos en las sombras alargadas que oscilaban en el techo, a menos que Duarte no esté mezclando los recuerdos con los sueños.

Una vez despierto, y después de lavarse la cara y hacer gárgaras en el baño art déco, resistiéndose a usar el cepillo de dientes de aquella mujer, recuerda haber atravesado sucesivos salones como un sonámbulo; en cada umbral que los separaba, un camarero cambiaba su media copa por otra, llena hasta el borde de champán frío. En un momento dado, se preguntó qué diablos hacía él solo en aquella fiesta, en un casoplón grecorromano, por cuyos desagües debía de fluir un volumen de champán Cristal equivalente a mil botellas como la que le había regalado a Rosane. Se aproximaba al sexto o el séptimo salón cuando avistó una cara conocida, una conocida cara que lo avistó cuando se aproximaba al séptimo o sexto salón. Se saludaron alzando las copas simultáneamente, y antes incluso de leer ETRAUD en la pulsera del otro, Duarte comprendió que la pared del último salón era un gigantesco espejo de cuerpo entero. Con todo, le complació verse rejuvenecido, lo cual tal vez se debía a la luz ascendente, que atenuaba ojeras y arrugas. Entonces fue cuando apareció Rosane, ostentando en el anular de la mano derecha una valiosa alianza de compromiso, y le presentó, en calidad de prometido, a un Napoleão encorvado, de rostro casi pueril. No obstante, vista de cerca, su piel era lisa como la porcelana, seguramente no tanto gracias a la iluminación como a las operaciones de cirugía plástica. Era un tipo campechano, con una sonrisa permanente en los labios, que apretó y sacudió la mano a Duarte un buen rato, luego expresó que estaba sorprendido por su fotogenia, pues en las fotos que Rô le había enseñado parecía bastante más joven. Tampoco era tan alto y esbelto como Rô se lo había pintado, dijo el viejo, que no superaba el metro sesenta ni con zapatos de tacón falso. No le dio tiempo a opinar sobre las zapatillas de cordones que llevaba Duarte, porque un señor de su séquito lo interrumpió. Se trataba de un hombre de mirada astuta que, al leer el nombre de Duarte en la pulsera, le preguntó si él era el gran escritor. Pidió a Rosane que los fotografiara juntos, y el flash del teléfono móvil atrajo a los curiosos. No tardó en reunir a un grupo de gente que querían hacerse fotos con el invitado famoso, un montón de mujeres guapas que lo transportaron a las concurridas noches de autógrafos de su época dorada. Averiguando sus nombres por las pulseras, se divirtió improvisando versos al estilo de sus antiguas dedicatorias, cuando la gente que hacía cola para los autógrafos se identificaba con papelitos que llevaban en el interior de los libros: Helena, belleza serena; Verônica, diosa lacónica… A quien no gustaban esas cursiladas era a Maria Clara, que acabó evitando asistir a los actos de promoción de sus novelas. Así, Duarte salía de aquellos eventos acompañado a su gusto, pero no todo era de color de rosa en sus aventuras galantes. Pues no siempre era capaz de corresponder en carne y hueso la expectativa de las exigentes lectoras que admiraban su personalidad literaria. Hoy, con aquellas admiradoras hermosas e iletradas, que no tenían ni idea de lo que era un yo lírico, bastaría con chascar los dedos para someterlas a sus deseos más íntimos: Gilda Charlotte, suplicarás mi azote; Doris Beatriz, mi beso griego te hará feliz… Obstruyendo la fila de jóvenes ávidas, una señora mayor con un collar de perlas con incontables vueltas le tiraba del brazo, susurrándole al oído palabras incomprensibles. Debía de ser de la casa, porque no llevaba pulsera, y era difícil de creer que la dama le estaba pidiendo un beso en la boca. A continuación le pidió otro y comentó que Rosane tenía razón al decir que besaba bien. Pero quería más, y le pidió un tercero, cuando Duarte agradeció la intervención de un hombre bajito: ¡ya vale, mamá! El contratiempo dispersó al cortejo de chicas que tenía a su disposición, y luego, cuando volvía a cruzarse con aquellas admiradoras recientes, ya no parecían reconocerlo. Así, la fiesta perdió toda la gracia para Duarte, que decidió irse a la francesa y ya no recuerda nada más.

Al contrario de las casas revisitadas, que nos parecen más pequeñas que en nuestras reminiscencias, el salón de este piso es cuatro veces el de los padres de Duarte. Es probable que la señora haya incorporado apartamentos contiguos, pero por el ángulo de visión de la playa y de los jardines de Aterro, no hay duda de que Duarte se encuentra en la misma planta del mismo edificio donde creció. Antes de sentirse en casa, antes de recostarse en un sillón, pedir un café a la camarera, leer el periódico meneando la cabeza, antes de convertirse en su padre, Duarte concluye que le conviene apurar su salida. Con todo, no se resiste a fisgonear las fotos de los portarretratos, y entonces descubre que la dueña de la casa, aquella mujer desfigurada que dormía a su lado, es la exmujer de Napoleão Mamede. Allí está la señora, en un tiempo remoto, con su marido, posando por todo el mundo, acompañada en algunos casos de su hijo, que es igual de bajito que el padre. Aunque en las fotos aún es un muchacho, el bajito le recuerda a alguien a quien ha visto hace poco, hasta que cae en la cuenta de que es el idiota del berrinche en el ascensor de Rosane. Y mirándolo mejor, descubre que es el mismo imbécil cabreado que gritó en la fiesta ¡ya vale, mamá! Ahora, a Duarte, solo le queda acordarse de cómo salió de aquel lugar, porque, aunque se conoce bien, no renunciaría a una bajada a pie de tres horas por la montaña para llegar a casa con un montón de ideas para su novela. Pero no sucedió así, porque mientras descendía la cuesta del parque, lo abordó un coche negro, y le abrió la puerta el mismo conductor que lo había llevado con Rosane a la fiesta. Pero Duarte reparó en que, en vez de Rosane, en el asiento de atrás iba la exmadame Mamede, la mami.

São Paulo, 9 de mayo de 2019

Querido amigo:
No puedo menos que compartir contigo mi entusiasmo por la repercusión del próximo lanzamiento de la edición de lujo de *El eunuco de la Corte Real*. Apenas una semana después del anuncio en nuestro sitio web, la preventa superó de lejos nuestras mejores expectativas, tanto aquí, en Brasil, como en la «madre patria». La edición limitada, por fuerza a causa del elevado precio de la tapa, ya ha sido revisada y multiplicada por nuestro departamento de ventas. Como «efecto colateral», ya se percibe en el mercado una fuerte demanda de *El eunuco* en formato estándar, asequible a todos los públicos, y también acaban de autorizar una reimpresión. Dado el excelente panorama, puedes sentirte con total libertad para pedirme nuevos adelantos, en caso de que necesites liberarte de preocupaciones ajenas a la escritura de tu novela.

Conociéndote, no creo que seas propenso al «Schaden-freude», pero debo confesarte de forma discreta que se han frustrado las esperanzas que habíamos depositado en el autor más joven de la casa. Incluso me vi obligado a despedir al responsable por sobrevalorar su obra, ya que el almacenamiento de los incontables ejemplares conllevará grandes pérdidas a la editorial. Más grave aún que el decepcionante número de ventas fue el trato que le dedicó la crítica, y que seguramente será desastroso para el futuro de un autor tan joven. Además, la reseña de un semanario, no del todo desprovista de razón, aseguraba que los raros buenos momentos del libro son calcados a la obra de Duarte. Entre nuestros contactos personales, varios editores culturales de periódicos y revistas me preguntan cuánto más tendrán que esperar para leer una nueva obra tuya.

El otro día escribí a Maria Clara, y me puso al corriente de sus problemas de salud. Deseo que se mejore, en nombre de todos los de la editorial, donde es querida y admirada no solo como tu esposa durante tantos años, sino como la mejor traductora que ha pasado por la casa hasta el día de hoy. También me consta que Maria Clara, gracias a sus extraordinarios conocimientos lingüísticos, contribuye esporádicamente con ligeros y preciosos «toques» para rematar tus libros. Si en esta ocasión no pudiéramos contar con ella, recuerda que la casa dispone de los mejores profesionales del mercado en materia de edición. Como ya debes de saber, a veces una mirada objetiva es capaz de solucionar sin dificultad ese *impasse* al que incluso los mejores escritores del mundo se enfrentan inevitablemente. Aunque tú, desde tu consabida modestia, consideres que tus textos en su fase actual no sean más que un borrador, sugiero que nos envíes el material en la mayor brevedad posible. Es indispensable que la novela pueda salir al mercado este año, aprovechando el impulso del éxito de *El eunuco* y a tiempo de alcanzar las ventas de Navidad.

Un abrazo fraternal,
Petrus

12 de mayo de 2019

> *Si estos tus ojos me pongo a cantar*
> *y tu fulgor con otros versos más*
> *dirán: miente el poeta al otorgar*
> *gracias celestes a mundana faz.*

Recitando a Shakespeare, Laila abre la puerta y vuelve a su habitación, donde se recuesta junto a Maria Clara sobre la cama llena de libros. Reanudan la lectura sin hacerme el menor caso, como tampoco al ramo de rosas que le he llevado a Maria Clara por el Día de la Madre. Al parecer, la literatura se impuso a la práctica de deportes radicales, y Laila todavía se da el lujo de fumar puros Cohiba en un cuarto con las ventanas cerradas. En ese momento, mi hijo se apropia de lo que ya era suyo y, abrazado a la tabla plateada, de su misma altura, me espera impaciente en el salón. Sin embargo, vamos a tener que dejar las olas para otro día, porque, al contrario de lo que él suponía, ni Agenor vive en el puesto de socorro, ni la barbacoa será en la playa.

El taxista, al que de entrada ya le ha hecho poca gracia que subiera un perro a bordo, solo accede a llevarnos a la favela cuando le propongo pagarle el triple de la tarifa por la carrera. Una patrulla al pie del cerro del Vidigal nos intercepta para saber adónde vamos, y entonces compruebo que pronunciar el nombre de Agenor equivale a llevar una pulsera vip; el policía se presta a indicarnos el mejor camino, y solo le falta procurarnos un escolta. En la casa abierta entramos y subimos tres tramos de escalera hasta la azotea, buena parte de la cual está ocupada por una piscina rectangular de fibra azul de más de metro y medio de altura, instalada sobre el suelo de baldosas. Agenor y Rebekka están inclinados sobre la barbacoa, esparciendo las brasas, mientras los invitados beben cerveza y aprecian las vistas a la sombra del tejado. Son algunas mujeres en pantalones vaqueros cortos y ajustados, de culos excesivos, dos o tres sargentos con uniformes oscuros de sarga, civiles en sandalias y camisa abierta con la barriga al aire, y un último tipo en un traje negro, abotonado hasta el cuello. Nadie advierte nuestra llegada, hasta que Faulkner sale disparado, salta de un bombazo a la piscina, y un policía amartilla la pistola en un acto reflejo. Agenor suelta una de sus carcajadas y acude a saludarnos, amenazando con ceder a la propuesta del niño de meterse en la piscina con ropa y todo. Me presenta como un escritor famoso a sus amigos, que no se muestran impresionados, y en su casa me siento tan fuera de lugar como en el palacio de Napoleão Mamede. Quizá lo mejor sea relacionarme con Rebekka, a la que obsequio con una rosa roja y un diccionario de inglés-portugués/portugués-inglés. Da un saltito de alegría, me da un beso en la mejilla, baja corriendo la escalera y vuelve en biquini para darse un baño con mi hijo. Le hace una demostración de nado bajo el agua, cuatro metros de extremo a extremo de la piscina, ida y vuelta, ida y vuelta, ida y vuelta. Me quedo quieto, admirando sus virajes cada vez que se aproxima a los bordes, y no sé si Agenor habla en serio cuando me advierte que tenga cuidado con lo que escriba sobre su mujer. Por si las dudas, me ofrezco a ayudarlo en la barbacoa, donde está preparando una picaña. Esta consiste en una pieza triangular de carne cruda, que comprime contra una tabla con la mano izquierda, mientras introduce un espetón de dos puntas con la derecha. Su semblante evidencia un placer innegable al penetrar poco a poco la carne blanda, que en un momento dado opone cierta resistencia. Acaso se trata de un nervio intruso, que él perfora y rasga casi con rabia, permitiendo que caigan sobre la carne unas gotas del sudor de la frente. Por último, coloca el espetón sobre un soporte metálico a un palmo sobre las brasas y, mientras alinea las longanizas sobre una plancha, me recomienda que gire la picaña cuando empiece a rezumar sangre por la parte de arriba. Los invitados han bajado la voz cuando me han visto más cerca, pero he alcanzado a oír a las mujeres hablando de la delincuencia, y a los hombres discutiendo sobre marcas de armas. Una vez vestida con sus pantaloncitos blancos y cortos, y la camiseta de Hocus Pocus, Rebekka aparece con una gran olla de harina de mandioca preparada y convoca a sus amigos a probar la primera ronda de barbacoa, que Agenor rebana con un cuchillo de carnicero.

Al caer la tarde, mientras estábamos sentados en el escalón de la piscina, Rebekka, mi hijo y yo, echándole huesos al perro, Agenor me ha llamado aparte. He pensado que a lo mejor era un pretexto para apartarme de Rebekka, pero en realidad atendía a la petición de un tipo que desentonaba con los demás, el del traje negro y la camisa abotonada.

Es un amigo suyo, el pastor Dinamarco, que me recibe con un gloria a Dios y muestra curiosidad por mi libro: que si se desarrolla en torno a la vida en la favela, y sus manifestaciones artísticas y culturales. Sí, ahora mismo me disponía a unirme al corro de música popular que se estaba formando en la azotea, con pandero, atabal, guitarra y el *cavaquinho*.* Pero el pastor mira al grupo con manifiesto desdén, pues seguramente es adepto a la música góspel. Quiere saber si por casualidad he oído hablar de los cantantes castrados, igual de populares en el pasado que las estrellas pop de hoy en día. Por supuesto, soy un experto en el asunto, investigué al respecto cuando empecé a escribir una novela que volverá a estar en las librerías en breve. Entonces el pastor Dinamarco me cuenta que en diversas comunidades desfavorecidas de Río están empezando a despuntar cantantes de este género. Cierto que aún no ha surgido nadie comparable al pionero de esta tendencia, de lejos el mejor soprano masculino de los últimos tiempos, casualmente habitante del Vidigal. Dicho esto, el pastor hace una seña a dos mujeres que se mantienen al margen del sarao, una rechoncha y la otra grandullona. El pastor le intenta explicar a la rechoncha qué significaría, en el libro de un autor célebre como yo, una mención al nombre de Everaldo Canindé. Si ella fuera capaz de relatar la extraordinaria historia de su hijo, a lo mejor yo hasta me animaría a dedicarle un capítulo entero. La mujer no se hace de rogar y, para empezar por el principio, jura que dentro de la barriga, el

---

* Instrumento musical parecido a una guitarra pequeña de cuatro cuerdas. Aunque es originario de Portugal, su uso está muy extendido en Brasil gracias a la música popular del país. (*N. del T.*)

negrito ya escuchaba y apreciaba sus sambas y sus *pontos* de macumba.* No podía ni dormir, porque si dejaba de cantar el niño lo echaba en falta y protestaba dándole puntapiés:

—En su libro, puede decirlo así: para el negrito, la música era igual de necesaria que la placenta.

Más adelante, la mujer abrazó la fe en Jesús, dejó la mala vida y se puso a trabajar en la casa de una portuguesa de mal genio. El marido de aquella señora, un maestro italiano, un sinvergüenza, metía mano al negrito mientras le enseñaba a cantar ópera, y como ella no quería tener un hijo marica, lio los bártulos. Marica, el niño, no se volvió, pero tampoco llegó a ser nunca un hombre entero, por obra del pastor.

—El pastor Jersey —corrige el pastor Dinamarco.

—El pastor Jersey, que en la parte de atrás de la iglesia tenía una clínica de aborto clandestina con el farmacéutico del barrio.

—En aquella época yo era un simple apóstol.

—El pastor Jersey, que le hizo un desastre a mi negrito... ¡Enséñaselo, negro!

Se dirige a la grandullona, que en realidad es un hombre de edad indefinida, lampiño, de pechos grandes y caderas anchas como la madre.

—¡Enséñale los genitales al escritor, negro!

Como no me apetece ver lo que me quiere enseñar, le digo que en mi libro los genitales están censurados para no ofender a los lectores.

* Canto para invocar entidades espirituales en la cultura afrobrasileña urbana. (*N. de la T.*)

—Ya que le iba a cortar los huevos, al menos que se hubiera esmerado. Yo creo que el pastor lo capó con un cuchillo de carnicero.

—El pastor Jersey, que quede claro.

—Señor escritor, también podría mencionar en su libro al profeta Zacarías: ay del pastor necio que abandona el rebaño que le fue confiado; que la espada de la justicia hiera su brazo y le horade el ojo derecho.

El pastor Dinamarco reconoce que su antecesor en la iglesia de la Bem-Aventurança pecó de codicia al intercambiar a su alumno por mano de obra más barata, niños que carecían del mismo talento para tan sublime arte. Aun así, es loable su esfuerzo, junto con el del maestro Fiorentino y algunas asociaciones religiosas, de adiestrar e iniciar en la música a una serie de jóvenes que, de otra manera, hoy vivirían como criminales o estarían enterrados en fosas comunes. El pastor dice que, si la madre de Everaldo le confiara a su hijo, este conocería un éxito mayor del que conoció en manos de Jersey. El repertorio podría incluir clásicos del cancionero popular, del country, del rock and roll, pues no hay música profana en la voz de un ángel. Y en la voz de Everaldo Canindé, los oídos del Señor se deleitarían hasta con el funk de esta negrada, dice el pastor, señalando al grupo que tocaba y cantaba:

Se liga, vagabundo
O justiceiro tá na área
É chumbo grosso, é chumbo grosso
É trezoitão, fuzil, metralha.

Empezaba a considerar la idea de sacar a mi hijo de allí, cuando Rebekka interrumpió a los que cantaban y le dio la guitarra a Agenor:

—Toca para que cante yo, cariñín, toca la canción de Orfeo:

Manhã, tão bonita manhã
Na vida uma nova canção...

—Canta con ella, negro —dice la madre.

Everaldo Canindé junta las manos, cierra los ojos y, cuando suelta la voz de cantante lírico, los del sarao se callan, a Rebekka se le empañan los ojos, y el perro se estremece con los agudos:

Canta o meu coração
Alegria voltou
Tão feliz a manhã deste amor.

25 de mayo de 2019

Querido:

Te escribo, en primer lugar, para transmitirte mi felicidad por las noticias que he recibido de nuestro apreciado editor. Aguardaré con ansia tu próxima novela, aunque también con ciertos celos por privarme de leer de primera mano tus originales, como siempre he hecho desde que me conquistaste con el libro del eunuco. Con todo, después de una conversación por teléfono, Petrus me convenció de que un equipo de revisores tratará la novela mejor de lo que yo sería capaz en mis actuales condiciones. Aunque no has llegado a preguntármelo, a menudo sufro épocas de somnolencia y letargia que afectan incluso a mi trabajo con Shakespeare.

También me alegra saber que le has dedicado atención a nuestro hijo; según el doctor Kovaleski, la figura paterna es determinante para el desarrollo social de los niños cuando entran en la pubertad. Por si no te acuerdas, el niño está a punto de cumplir los doce años, o sea, que ya no es un niño. No obstante, debo avisarte de que si sus crisis de la infancia ya están tratadas y mitigadas, la adolescencia se anuncia aún más turbulenta. La semana pasada, sin venir a cuento, le dio un golpe a Laila en la cabeza con la tabla de surf. La pobre casi perdió el sentido y, desde entonces, cierra con llave la puerta de nuestra habitación, más aún porque Faulkner no deja de gruñir al otro lado. A mí el niño ya no me dirige la palabra, ni un bocadillo me pide, ya se prepara él mismo sus bazofias en la cocina. Cuando tiene alguna dificultad con los deberes, en lugar de pedirme ayuda, se va a la playa a nadar con el perro. Si necesita dinero, redacta notas que no te voy a pasar para ahorrarte las aberraciones gramaticales.

He iniciado un nuevo párrafo para que respires, antes de leer lo que seguramente ya has intuido. Kovaleski me ha advertido que la convivencia con mi hijo puede conducirme a un estado de estrés crónico. Como bien sabes, Duarte, hasta ahora he luchado sola para criar al niño. Ha llegado el momento de que asumas plenamente tus funciones, y es reconfortante saber que ya se han solucionado tus apuros financieros. Así, podrás proveer el apartamento con lo necesario para acoger al niño satisfactoriamente; también es recomendable que contrates a una asistenta para que le proporcione una alimentación saludable. Como las asistentas domésticas suelen vivir lejos, tendrás que levantarte todos los días a las seis de la mañana para que, al despertarlo, la mesa esté puesta con el café con leche y la tostada de mantequilla. Cuando se haya ido a la escuela, después de dar de comer al perro y pasearlo, tendrás por fin unas horas de tranquilidad para tus libros. Esto, si la asistenta no te falla, lo cual suele ocurrir, sobre todo en casas donde viven hombres solteros, que no se fijan en el polvo de los muebles, ni miran debajo de la alfombra, ni controlan sus horarios. Esos días, saldrás a comer con el niño, preferentemente en un centro comercial, donde pueda jugar con el perro el resto de la tarde, mientras tú lees el periódico y buscas conversación con madres jóvenes. Alguna noche que planees ir al cine, a cenar o a tomar un vino con alguna nueva amiga, puedes contar con que el niño tendrá fiebre alta y temblores. Así, por desgracia, irás perdiendo una a una a tus novias, antes incluso de poder salir con ellas, pero te aseguro que no hay idilio comparable al amor de un hijo.

Confío en que tomes las medidas necesarias sin demora, ya que nosotras estamos organizando la mudanza a Lisboa. Laila cree que en breve el ambiente se volverá insoportable en Brasil para la gente de izquierdas como ella y para los intelectuales en general como yo. Hasta hace poco, tú también podías incluirte, con reservas, tanto en una categoría como en la otra. Ahora que cultivas relaciones privilegiadas, en los círculos que pasaste a frecuentar, estás libre de iras y riesgos. Laila acaba de enseñarme un reportaje, publicado en una de esas revistas de frivolidades que me despejan la mente, donde apareces en una fiesta de aquella casquivana y su amante de turno. Este tipo, según mi compañera, es un latifundista conocido por apropiación ilegal de tierras indígenas en la Amazonia, para lo cual cuenta con la omisión, si no el beneplácito, de las autoridades. Por lo tanto, es natural que entre sus comensales abunden políticos vinculados al gobierno; tú mismo te dejaste fotografiar alegremente con la joven hija de un ministro, guapísima por otra parte, aunque es una pena que en el pie de foto tu nombre aparezca escrito como Duterte. Solo te pido un favor: si en algún momento esa gentuza te invita a una fiesta de verano o, qué sé yo, a bañarte en la piscina de su casa, no me des el disgusto de llevarte contigo a mi hijo.

Vuelvo a transmitirte mis mejores augurios para la trayectoria de tu novela. Independientemente de todo lo demás, Duarte el escritor siempre tendrá mi aprecio y mi aplauso.

Un beso,
Maria Clara

10 de junio de 2019

Le he prometido a mi hijo llevarlo a las playas del Pacífico para asistir a alguna etapa del campeonato mundial de surf. Durante el viaje, Rosane podría planear la decoración de la habitación del niño, de modo que se sintiera acogido al venir a vivir conmigo. Haríamos el viaje y la mudanza en cuanto yo terminara el libro, dentro de unos tres meses, lo cual para Maria Clara es una eternidad. Me recuerda que, bajo su batuta, en tres meses yo escribía una novela completa de trescientas páginas. Reconozco que en mañanas como la de hoy pierdo las horas siguiendo las sombrías noticias del país, aunque quizá durante este tiempo esté madurando, de una manera inconsciente, un nuevo estilo de escritura. Si Maria Clara no estuviera tan distraída con las tonterías de su amiga, podría presenciar desde su ventana mis cavilaciones diarias cuesta arriba, cuesta abajo. En este momento, llego al paseo marítimo y paso por delante del puesto de socorro desde donde Agenor, viéndome enfrascado en mis pensamientos, levanta el pulgar y me dice adiós, cuídate. Camino abatido, de chiringuito a chiringuito, paso por el Jardim de Alá, llego a Ipanema, al muro del Country Club, y solo me distraigo cuando veo la ventana de Rosane, que conserva el muñeco dorado del presidente, pero ahora con un quepis de general. Entonces pienso que viví tres años en aquel apartamento sin detenerme jamás a disfrutar las vistas de la ventana, desde donde podría haber concebido tantos poemas contemplativos. Seguramente mi literatura sería otra si, en vez de gastar las suelas de los zapatos por caminos ya trillados, permaneciera inmóvil como el muñeco de Rosane, observando el movimiento de las olas, el mar encrespado, las yubartas, los delfines, la actividad de la playa bajo el sol otoñal. Sería casi como si, en vez de imponer mi relato sobre el papel, viera cómo el papel se desliza bajo la punta de mi bolígrafo. Hoy, por ejemplo, podría esbozar sin esfuerzo un cuento a través del prisma de un general ventanero. Estaría compuesto de frases objetivas, desprovistas de ornatos. Sin condicionales. Son las 15.27 de un lunes. Exceptuando a los niños y al, digamos, cuatro, cinco por ciento de turistas, es una playa abarrotada de holgazanes. Eso es Brasil. ¿Jugar a las palas, a *altinha** en la orilla, no está prohibido? ¿Quién va a poner orden en este cachondeo? Vendedores de mate, cerveza, roscos de tapioca, pinchos de gambas, sin ningún tipo de control sanitario. Y maricones en tanga. Maricones a patadas. Jóvenes que hacen novillos para jugar a las cartas. A ver, ¿dónde están mis prismáticos? Es un porro que se pasan de mano en mano. Esto es Brasil. Un negro echa a correr, ya tardaba. Diez, veinte bañistas corren a pillarlo. Cogen al negro, van a lincharlo. Llegan dos policías militares mulatos y aíslan al negro. Ellos sí que tienen autoridad para pegarle al negro. Van a estrangular al elemento. Le abren la boca a la fuerza. Le devuelven la cadena de oro a la víctima. La morena, de piel clara y cuerpo esbelto, coge la cadena con asco. Se llevan al negro al coche de policía. Lo van a detener. Le van a dar una buena paliza en la comisaría, pero lo soltarán porque es menor. Un gigante ya, con quince años de edad, otro delincuente suelto en las calles. Esto es Brasil. Alguien tiene que poner orden en este caos. Mientras tanto, la del cuerpo esbelto abandona la arena amparada por un viejo cabrón. Los interpela en el paseo marítimo otro señor, que ha asistido a todo impasible. El señor impasible soy yo, Duarte. La tía buena es Rosane, y el cabrón es Fúlvio Castello Branco.

Cuando empecé a salir con Rosane, vivía amancebada con un cantante de blues. La maldita no paró hasta que nos presentara, y acabé accediendo a simular un encuentro ca-

---

* Juego popular en las playas de Río de Janeiro, que consiste en pasarse el balón entre los participantes sin que llegue a tocar el suelo y tratando de mantenerlo en el aire el máximo tiempo posible usando cualquier parte del cuerpo salvo las manos. (*N. de la T.*)

sual en una librería; oficialmente, yo era su profesor en un taller de escritura creativa. De ahí en adelante, nos citó varias veces, ya en charlas literarias, ya en espectáculos musicales, y hasta en un polideportivo para asistir a un torneo de lucha libre, a la que es aficionada. Luego promovía encuentros a tres, en bares y restaurantes, donde se sentaba delante de nosotros para compararnos. También nos llevaba de compras y, como suele ocurrir con las mujeres adineradas, se pasaba tardes enteras probándose vestidos, bolsos o zapatos. Salía del probador para pedir nuestra opinión, siempre divergente, pero cuando los dos llegábamos milagrosamente a un consenso, se enfadaba y salía de la tienda con las manos vacías. A Rosane no le parecía de buen tono perpetuar la bigamia, solamente lo hacía porque le costaba decidirse entre los dos, y durante tres meses fue como si anduviera con un zapato distinto en cada pie. Cuando finalmente se decidió por mí, le dio una patada en el culo al cantante de blues y, que yo sepa, jamás volvió a verlo. Nunca fantaseé con la posibilidad de que me fuera fiel, pero tampoco me presté a participar en su juego. Es probable que se encaprichara de algún que otro cliente, pero como yo me negaba a salir con sus amigos, se acababa quedando conmigo viendo lucha libre en la televisión, y su frenesí decaía. Me acuerdo de todo aquello ahora que Rosane me hace subir con Fúlvio a su apartamento y se coloca en el ascensor entre los dos con actitud triunfante. Sonríe, mirándonos alternativamente, pero puede que su alegría se deba a que ha recuperado la cadena de oro; en el cuello tiene un arañazo parecido al que le vi el otro día en la espalda a Maria Clara. Una vez en casa, se excusa para darse un baño, pero no me extrañaría nada que se ponga detrás de la puerta para presenciar nuestro duelo.

Fúlvio, en camiseta, pantalones cortos y chanclas, circula a sus anchas por el salón, dejando pisadas de arena sobre el parqué. Mira el paisaje, se pone en la cabeza el quepi de general, coge del armario una botella de whisky, va a la cocina a buscar un cubo de hielo y me sirve un trago. Sin que yo le pregunte, me cuenta que esta tarde ha estado en la playa con Rosane en condición de abogado de Napoleão Mamede. Y añade:

—¿Por qué en la playa?

El abogadillo adopta la trillada retórica doctoral de hacerse preguntas a sí mismo, cuando tiene la respuesta en la punta de la lengua:

—Porque mis teléfonos están pinchados, igual que el WhatsApp y el Telegram, por no hablar de nuevos métodos de espionaje que me obligan a borrar datos del despacho a diario.

Mientras habla, señala las paredes del salón, dando a entender que el apartamento de Rosane también es objeto de escuchas.

—¿Es inapropiado que trate asuntos de mi cliente con Rosane? No lo es, porque solo ella tiene influencia sobre el hijastro para que deje ya sus travesuras. Napoleoncito siente devoción por ella, y si no fuera tan maricón se la tiraría para vengarse de las humillaciones de su padre.

Levantando la voz como si hablara con las paredes, Fúlvio asegura que los negocios de Napoleão Mamede se hacen estrictamente dentro de la legalidad. Y, refiriéndose al hijo de Napoleão, dice que no basta con ser honesto, sino que también hay que parecerlo:

—No hace ni un mes que, al llegar de la Amazonia, el chico aterrizó en el aeropuerto Santos Dumont con ochenta quilos de cocaína en el jet de su padre. Las pasé putas para tapar el escándalo y defender que el delito flagrante fue un montaje de los enemigos de la familia Mamede. Hay pruebas sólidas de que hordas de activistas armados han promovido invasiones y alborotos en las propiedades de mi cliente en la frontera con Colombia. Hasta mi mujer, Denise, que simpatiza con los parias de la tierra, está de acuerdo en que esos delincuentes han traspasado los límites. Nadie pasa por alto tampoco los vínculos de esas facciones radicales con los remanentes de la narcoguerrilla de ese país.

Fúlvio parece estar encantado con su propia arenga, sin darse cuenta de que me interesan bastante poco sus puntos de vista políticos o sus actividades profesionales. Y que ni me va ni me viene si tiene un lío con Rosane:

—Un caballero no tiene memoria, como bien sabes, pero si hubo algo entre ella y yo en el pasado, se terminó el día que se la presenté a mi cliente. Lo siento mucho, pero entonces yo no tenía manera de saber que estabais casados. Por si quieres saberlo, este año solo he venido una vez a casa de Rosane, y fue porque insistió en que le echara una manita a su exmarido, que estaba pasando apuros. Bien que lo intenté, ¿te acuerdas?

La bebida me ha sentado mal con el estómago vacío, y al irme del apartamento sin esperar a que saliera Rosane, me noto mareado y me apoyo en la pared del pasillo. El ascensor es una cápsula de acero pulido, sin respiraderos, cerrado como una tumba, y cuando llego abajo siento un sudor frío. En el impulso de abrir la puerta, casi me caigo al suelo, porque el portero la ha abierto antes que yo.

20 de julio de 2019

Mientras se ponía el guante de látex en la mano derecha, el médico me ha preguntado si creo en Dios. ¿Y en una vida después de la muerte? ¿Y la finitud?, me pregunta, ¿cómo lidias con la finitud? Y, al verme en actitud meditativa en posición fetal, ha aprovechado para meterme el dedo por el culo. La próstata tenía buena textura, esponjosa, un poco dilatada, pero dentro de los parámetros de mi edad. A continuación me ha examinado los huevos, y me ha preguntado si aún pensaba traer hijos al vasto mundo. Me he puesto tenso, preparándome para otra exploración rectal, pero me ha pedido que me pusiera de pie, me tapara la nariz y soplara enérgicamente sobre el reverso de la mano. Palpándome los testículos, ha diagnosticado la presencia de varicoceles, una especie de varices en el saco escrotal que pueden causar infertilidad, cosa que se confirmaría, en mi caso, con un examen adicional. En caso positivo, un procedimiento rápido consiste en la ligadura de las venas varicosas, lo cubre la mutua, y saldría del hospital el mismo día, fértil y campante. Lo que ocurre es que no entra en mis planes una nueva paternidad, por mucho que me enamorara de una mujer joven, paridera, rebosante de hormonas. Si pudiera, claro que me casaría con una chica así, pero no para que me diera un hijo, sino para que fuera la amorosa madre del que ya tengo. Sin embargo, en opinión del urólogo, no encontraría una mujer así ni en otra encarnación.

Si creyera en Dios, me postraría a Sus pies para darle las gracias por no haberme dado un hijo de Rosane. Luego Le encendería una vela por el hijo que tuve con Maria Clara, con quien contaba para terminar mis días en un futuro lejano. Desde mi soberbia, creía que me iba a aceptar otra vez cuando a mí me fuera bien, del mismo modo que mi padre recibió a mamá con la casa llena de flores. Mujeres, seguramente, no me faltarán, si algún día publico esta novela, pero ¿cómo voy a escribir una novela sin tener al lado a una mujer como Maria Clara? ¿Qué otra mujer me aguantará que la despierte de una sacudida mientras duerme, para desentrañar problemas de sintaxis? ¿Qué mujer fingirá asombro y me cubrirá de besos de madrugada, por haberle revelado peripecias inéditas de mi narración? Las noches que me siento desamparado me voy de putas, a las que pago el doble para follar sin condón, cuando no pago el triple para no follar y hacerles escuchar literatura. Si contraigo una enfermedad, volveré pronto al urólogo, que además no deja de ser un hombre de letras; publicó una tesis sobre la perfusión de cuerpos cavernosos, que le prologué a cambio de sus honorarios. Cuando me manosee el glande, tal vez le revele las peripecias de mi próximo capítulo.

21 de junio de 2019

Mar revuelto, olas cerradas, viento que levanta la arena, y veo que Agenor está atento en su puesto de vigilancia. Ocupado con sus prismáticos, pienso que debe de tener bastante trabajo por delante y no me ve pasar. Y si me viera, creería que vuelvo a casa y ya no me distinguiría cuando giro hacia la avenida Niemeyer con malas intenciones. Cojo un mototaxi en la entrada a la favela, entro en su casa, que está abierta de par en par, y subo a la azotea, donde Rebekka, completamente desnuda, está dando volteretas en la piscina. Me quito la ropa e intento imitarla, pero ella me indica que llene los pulmones y me sumerja en vertical con ella. La piscina, que es más honda de lo que parecía, desciende las tres plantas de la casa y más y más, como si perforara el cerro del Vidigal y la roca que lo sostiene, hasta fundirse con un río subterráneo que desemboca en el océano. La luz de la superficie aún llega a aquella profundidad, donde me deslumbro con la desnudez de Rebekka, que nada en espiral a mi alrededor. De repente se para y me abre los brazos, pero apenas si consigo tocarla, su cuerpo es resbaladizo. Todavía no ha llegado nuestro momento, me dice, exhalando burbujas alfabéticas que no tardo en descifrar. Consultando el diccionario que le regalé, nombra peces que no conozco, morenas, quimeras, peces piedra, y me protege de las anémonas venenosas que surgen de las cavernas. A medida que descendemos entre bancos de barracudas y montañas de coral, los colores vivos dan paso a diversos tonos de azul. En el fondo del océano veo una galera volcada, repleta de tesoros y esqueletos, veo tortugas gigantes, veo hasta la tabla de surf de mi hijo, plana contra el suelo, pero entonces Rebekka me corrige. Se trata de un *tarpon fish*, o tarpón, o sábalo real, o *camurupim*, o megalops atlanticus, un pez de gran tamaño, plateado, inerte, que vigila la entrada de una grieta en el suelo que la Rebekka azulada me señala. La grieta conduce a un túnel largo y estrecho por donde ella me guía despacio, con los brazos pegados al cuerpo, para evitar el contacto con el coral de fuego de las paredes. Me prepara para un encuentro con el *deep blue*, y a la salida del túnel veo cómo se abre un espacio infinito de azul profundo. Tengo la impresión de que estamos cayendo en un universo sin peces, sin corales, sin suelo, sin nada. Solo nos une a la vida la luz menguante del día a través del túnel por el que hemos venido, como una luna en un cielo de piedra, una estrella, una chispa.

—¿Qué tal si morimos juntos? —me pregunta con los ojos como platos, como si me propusiera un pico de morfina.

—Me parece perfecto.

—Descendamos a las fosas abisales.

—Vamos...

—Ven...

—Nunca me había sentido tan bien.

—Ni yo.

—¿Será el amor?

—Es la narcosis.

Si pensara en regresar, siento que ya no me quedarían fuerzas, y tampoco diviso el túnel a través del que hemos llegado aquí. He perdido toda referencia espacial, y aparte de Rebekka solo distingo la figura de un hombre azul marino que se aproxima, Agenor. Coge a Rebekka por el pelo y empieza arrastrarla sin hallar resistencia. Yo también quiero irme, no tengo ganas de morirme solo:

—Vuelve a salvarme, amigo Agenor.

—Adiós.

En medio de los monstruos marinos que aparecen ante mí y las esponjas carnívoras que me rozan los pies, suena el absurdo timbre de un teléfono. Es el teléfono de mi casa, que no deja de sonar en la fosa abisal:

—¿Sí?

—¿Duarte?

—Ven a salvarme, Rebekka.

—¿Duarte?

—Soy yo.

—¿Duarte?

—Qué gusto da despertarse con tu voz.

—Duarte, presta atención.

—Sí, Rebekka.

—Tienes que venir a por tu hijo.

Con una nota de papel que ha dejado pegado en la puerta de su casa, Rebekka me avisa de que está en la iglesia Bem-Aventuraça, calle 3, sin número. Perdido en el laberinto de callejones, un vecino me sugiere dar media vuelta, girar en la segunda callejuela a la izquierda, luego la tercera a la derecha y seguir por la calle del badén hasta que encuentre una escalera de ladrillos. El badén es un canal de cemento por donde bajan las aguas residuales a cielo abierto, cuyo hedor al parecer solo yo percibo. Desde unos puentes de madera improvisados sobre el canal, se venden pizzas, hamburguesas, perritos calientes, refrescos y cervezas. A los vasos de plástico, las botellas de plástico pet y las mondaduras de fruta que la gente arroja a esta cloaca, se suman las espinas, escamas y vísceras del pescado de una pescadería. Me cruzo con tullidos que me piden limosna, niñas que me ofrecen mamadas y críos que comparten una pipa de aluminio en la escalinata que asciende a la iglesia. En esta iglesia no se celebra el culto, y una caja de sonido emite rock progresivo de los años setenta, con el solista cantando en falsete. La canción se titula Hocus Pocus, explica Rebekka a la madre de Everaldo Canindé, mientras su hijo, instalado en un púlpito de acrílico con la inscripción Jesús, se esfuerza en reproducir el solfeo del roquero.

La madre no está de acuerdo, la música le parece demasiado larga y complicada, aparte de ser desconocida y carecer de letra. Es que para cantar rock and roll, el inglés de Everaldo no es bueno, argumenta Rebekka, a lo que la madre replica que, con el maestro Fiorentino, su negro cantaba hasta en alemán. Entonces vete con el maestro, protesta Rebekka, apagando el sonido para luego meter el CD en el bolso. El pastor Dinamarco interviene a favor de Rebekka, que está allí como voluntaria, a lo que la madre objeta que más voluntario es su hijo, que aún no ha visto ni sombra de un caché y pasa hambre en los ensayos. A la salida de la iglesia, Rebekka casi se choca conmigo, y veo el mismo rostro encendido del día que discutió con Agenor por la cucaracha. No sé decir si es guapa de cara, a veces más y a veces menos, pero ese tipo de judías asquenazis siempre me ha fascinado. También encuentro gracia en su andar algo infantil, con los pies hacia dentro, que se acentúa en la pisada irregular de la punta. Me lleva al huerto de la parte de atrás de la iglesia, donde encuentro a mi hijo de cuclillas, escarbando en la tierra, mientras Faulkner se recupera de escalar el cerro, despatarrado en medio de los repollos. El niño había salido muy temprano de casa con la mochila a la espalda y la tabla bajo el brazo, resuelto a irse a vivir lejos de allí. Como no tenía amigos de su edad, se acordó de la chabola de Agenor, y de nada sirvió que Rebekka le dijera que su madre se iba a poner triste, que a aquellas horas debería estar en la escuela. Rebekka creía que yo sabría hacer valer mi autoridad paterna, pero sin alzar la vista me comunica que no piensa volver a su colegio de ninguna de las maneras, porque le hacen *bullying*. Suelto una carcajada, le enseño cómo yo también me coloco la polla en el lado contrario, pero entonces me entero de que se meten con él por ser hijo de comunistas. Incluso una novia que se había echado y que le había cogido la polla varias veces sin disgusto, lo ha dejado por un compañero del grupo al enterarse de que mi hijo nunca había estado en Disney. Yo le digo que eso es absurdo, que el comunismo ya ni siquiera existe, y que además ya le he prometido un viaje a las playas de California. Que esos mocosos repiten cualquier mierda que oyen en casa, pero que si quiere puedo asistir a la próxima reunión de padres y profesores con una camiseta de la selección brasileña. Sin embargo, él tiene intención de cambiarse a una escuela pública en la favela, donde nadie le recriminará que tenga genes comunistas. Esta vez quien se ríe es Rebekka, ya que en la favela, empezando por Agenor, comunistas y delincuentes vienen a ser lo mismo. A fin de consolar al muchacho, coge del huerto un puñado de berenjenas, para preparar con tapioca más tarde, en casa. Una vez instalado en el sofá viendo la televisión, se deleita con un cuenco de palomitas, cuando de repente la sala se queda a oscuras y el perro se pone a ladrar. Tal vez atraído por el olor del maíz, un cerdo descomunal entra en la estancia, casi atascándose en el vano de la puerta. Rebekka asegura que el animal es inofensivo, me guiña un ojo y se limita a recomendarle a mi hijo que se proteja los testículos, porque a los cerdos les encanta comerse los de los niños. Al advertir que se paraliza de miedo, Rebekka echa al animal de allí y se ofrece a acompañarnos de vuelta a casa, donde irá a visitarlo siempre que pueda. También se compromete a alojar al niño en la favela los fines de semana, siempre y cuando su madre lo consienta y él aprenda a dormir con las piernas cerradas.

2 de julio de 2019

El primer día que Maria Clara y Rebekka estuvieron frente a frente, miré a la una y a la otra, no para compararlas, como haría Rosane, sino para adivinar cómo se veían la una a la otra. Maria Clara no tenía ni idea de quién era aquella chica que había aparecido en la puerta, mientras que Rebekka seguramente llegaba con la curiosidad de conocer personalmente a la madre de mi hijo y la casa donde había concebido mis novelas. Para Rebekka, Maria Clara sería esa admirable mujer de muchas facetas de la que yo extraería personajes femeninos tan diversos y veraces para mi ficción. Maria Clara, a su vez, estaba harta de enterarse de mis escapadas nocturnas, a las que recurría buscando inspiración para tales personajes, y que yo aún tenía la insolencia de someter a su apreciación. Por el bien de la literatura, o de nuestro matrimonio, ella se tragaba en seco los pasajes más picantes de mis originales, corrigiendo solamente algún que otro error de concordancia, barbarismo, o cacofonía, como si de este modo enseñara buenos modos a las mujeres de la calle. Sin embargo, ahora parecía que yo estuviera poniendo a prueba su complacencia, presentándole el modelo viviente de mi futura heroína, antes incluso de imprimirla con las letras de su nombre, Rebekka. Por si fuera poco, la intrusa hasta se había dejado llevar por el muchacho a su habitación, donde nos encerramos con el perro para escuchar el disco de Hocus Pocus. Laila intentó acercarlas, llamando a la puerta para invitar a Rebekka a participar en una partida de dominó con Maria Clara: a tres es mejor. Durante la partida, entre uno y otro tema de conversación femenina, Maria Clara se calmó un poco al enterarse de que la extranjera estaba casada, y bien casada, con un negro fornido llamado Agenor, a quien yo debía la vida. Rebekka volvió al día siguiente, y al otro, y al otro, y con el tiempo Maria Clara tuvo que reconocer que la joven judía ayudó a reconducir al muchacho y recuperar la armonía del hogar. Lo único que él no concebía era volver a la escuela, pero cuando fue informada de lo que allí sucedía, se puso de parte de su hijo y decidió ir con Laila a pedir explicaciones a dirección. Hasta Rebekka, que no tenía mucho de política, se unió a las dos a última hora, y allá fueron, vestidas con sendas camisas rojas, personalizadas con adornos de la hoz y el martillo. Tras recibir un trato hostil en la calle y el autobús, llegaron soltando lagartos y culebras contra aquella escuela de niños de papá, que se ponían de pie todos los días para cantar el himno nacional con la mano en el pecho. Las recibió una pedagoga, que lamentaba los incidentes, pero declaró que ella no podía reprimir a los potenciales adversarios de su hijo, ya que en aquella institución la libertad de expresión era sagrada. Entonces Maria Clara la acusó de connivencia con ese gobierno hijoputa de mierda, anuló la matrícula del chico y, de camino a casa, mencionó la posibilidad de llevárselo a estudiar a Lisboa, donde empezaría el año lectivo en septiembre. Aunque al principio el niño se opuso, las fotos de una escuela con pabellón deportivo en el Bairro Azul lo sedujeron, pero nadie se preocupó de pedir mi opinión. Con el orgullo herido, pregunté a Maria Clara qué papel tendría mi patria potestad, ya que en última instancia yo siempre podía negar la autorización para el traslado del niño, o poner en marcha un proceso en los tribunales por secuestro del menor. En una discusión más dura, casi le pregunté si el doctor Kovaleski aprobaba a Laila como figura paterna, tan necesaria para la formación de un adolescente. Maria Clara ni siquiera podría insistir en la vieja excusa del padre ausente, pues ella misma había dicho que últimamente mi presencia en su casa era mayor que durante el tiempo que estuvimos casados. Aunque, por las risillas sarcásticas de Laila, me di cuenta de que no les pasó por alto la coincidencia de mis horarios con los de Rebekka; hasta me olvidaba de la paleta de cordero de los domingos, pues sabía que ella pasaba los fines de semana con su marido. Un lunes, después de llegar los dos casi a la vez, Laila tuvo la idea de ir todos juntos a la playa. Mi hijo fue corriendo a buscar la tabla, y Maria Clara se animó, al menos a mojarse los pies en las olas pequeñas. Rebekka a su vez, después de dudar un poco, propuso que fuéramos a la Barra da Tijuca, donde había olas mejores que en Leblon. Sin embargo, el niño insistió en ir a la playa de siempre, ya que hacía tiempo que no veía al tío Agenor. Maria Clara y Laila, hablando a una sola voz, manifestaron el deseo de conocer al marido de Rebekka, a la que Laila ofreció uno de sus biquinis de tanga que guardaba en el armario.

Agenor pareció sorprendido, si no molesto, al vernos llegar en comitiva. Bajó del mirador, pasó una mano sobre la cabeza del niño, saludó con formalidad a Maria Clara y Laila, y nos reservó un hola a Rebekka y a mí. Cuando se disponía a subir de regreso a su puesto, Laila lo retuvo para deshacerse en elogios a su esposa, que los visitaba todo el santo día, que ya era prácticamente de la familia, que mimaba al niño y vivía cantando una samba-canción a Duarte.

—¿Cómo es la letra, Rebekka?

—Ahora no, Laila.

—Pues ya canto yo:

Manhã, tão bonita manhã
Na vida uma nova canção...

Rebekka no se presentó al día siguiente, ni al otro, ni al otro, y a la semana dejé de acudir a casa de Maria Clara, alegando que me urgía terminar la última novela. Era mentira, porque hacía tiempo que la escritura me estaba fallando, y ahora estaba en punto muerto. A la playa, no volví más, ni siquiera bajaba a la acera, no iba a ninguna parte. Comía cualquier cosa en la cocina y volvía a la cama, dormía, dormía y dormía noche y día, soñaba con el presidente de la República, solo tenía pensamientos macabros. Las noticias acabaron asqueándome, apagué para siempre el televisor y cancelé la suscripción al periódico, que seguían enviándome con promesas de descuentos y ofertas. Vagando muerto de sueño por el apartamento, a veces me sorprendo examinando el revólver de Maria Clara, el cañón corto, la aguja percutora, el tambor cargado, y uno de estos días tenebrosos Rebekka me llamó. Había subido al apartamento de Maria Clara, que se había limitado a entreabrirle la puerta, pues estaba ocupada con Laila, y el niño había salido a pasear al perro. Para no perder el viaje, pensó en hacerme una visita relámpago antes de volver al Vidigal, donde unos niños la esperaban para la clase de inglés. Apenas si tuve tiempo de cambiarme el pijama y ponerme algo más o menos limpio, y le abrí la puerta avergonzado de mi aspecto, sin afeitar, con profundas ojeras y los dientes amarillos del café. Con todo, creo que mi imagen se correspondió con la idea que ella tenía de un escritor en trance, porque lamentó haber interrumpido mi proceso creativo. Insistí en que se acomodara en el sofá, cuando se fijó en el revólver olvidado sobre la mesa auxiliar; me justifiqué diciendo que lo había adquirido para describirlo con detalle en mi novela. ¿Una novela policíaca?, aventuró ella, pero no podía anticiparle el contenido, porque dicen que da mala suerte desvelar un libro en gestación. No le negué que, cuando estaba casado con Maria Clara, ella de vez en cuando espiaba lo que escribía, pero lo hacía entre nuestras cuatro paredes, donde el secreto quedaba a salvo. Lejos de pretender compararse con mi exmujer, Rebekka dijo que le dolía la poca confianza que tenía en ella, que pusiera en duda su discreción. Entonces me disculpé, la llevé al despacho, la senté en mi silla, y ella apenas si podía creer que yo estuviera abriendo el portátil ante sus ojos. Cuando lo encendí, en la pantalla apareció una de mis páginas más recientes, casualmente aquella en la que el narrador sueña con Rebekka desnuda en su piscina.

2 de septiembre de 2019

El lector que ha pagado por este libro tiene derecho a exigirme un relato de mis encuentros con Rebekka durante el tiempo en que no he escrito nada. Bien, pues diré que nos vimos todos los días hábiles, siempre dentro del horario de trabajo de su marido. Que nadie vea malicia donde no la hay, ya que hasta hoy no ha pasado nada entre nosotros que Rebekka haya tenido que ocultarle. Si él hasta tendría que darme las gracias por haber permitido a su esposa acceder a los originales de un escritor veterano; el privilegio de ser la primera lectora, la desflorante lectora de una novela de mi autoría, le subió mucho la moral. Desde la primera página vislumbró la traducción al inglés, no ya como un hobby, sino como un oficio estable que podría garantizarle un futuro en Brasil. Era como si Brasil en sí mismo, que hasta entonces había sido a sus ojos una suerte de pasatiempo, al fin se confirmara como país de adopción. Es natural que Agenor tuviera algo de celos, pero si quería conservar su matrimonio, no podía exigirle a su mujer que no hiciera nada útil en la vida, aparte de dar clases de inglés a los niños de la favela. Celos similares a los que yo sentía de Maria Clara cuando intercambiaba mensajes con autores extranjeros durante días, inmersa en la traducción de novelas fascinantes. Si tuviera la oportunidad, mi mujer también se sentaría a solas con un novelista en la habitación de un hotel para deshacer malentendidos, aclarar expresiones idiomáticas, disentir, discutir cara a cara, reír, emocionarse, guardar largos silencios ante lo intraducible. Pero con Rebekka ni siquiera llegué a tener un frente a frente durante esos días. Pese a ser inexperta, o quizá por eso mismo, evitaba consultarme, e iba traduciendo el libro a medida que lo leía en el ordenador. Llegaba a mediodía con una libreta de espiral y un bolígrafo desechable, me daba dos besitos, y antes de sentarse, se levantaba un lado de la minifalda para sacarse de las braguitas la colilla de un porro. La encendía con los ojos clavados en el ordenador, daba unas chupadas hasta quemarse los dedos y, a continuación, se ponía a leer y escribir sin pausa ni para un café. Yo me plantaba detrás de ella con la cabeza inclinada para captar el vaivén de sus ojos, para leer sus labios mientras articulaban mis palabras mudamente, mientras ella trazaba líneas torcidas en las hojas sin pauta de su cuaderno. A las tres en punto concluía el trabajo, decía que el libro le apasionaba cada vez más, se despedía con un beso en el aire y no me permitía acompañarla. Yo la acompañaba con el pensamiento de camino a casa, con las piernas descubiertas en la subida al cerro, donde nadie se atrevería a meterse con la mujer de Agenor. El resto de la tarde, releía una y otra vez las páginas que ella había leído, y que evidentemente me parecían más amables después de haber pasado Rebekka por ellas. Por la noche, la imaginaba en su cama a la luz del móvil, intentando descifrar sus propios garabatos en el cuaderno, sabiendo que en aquel instante yo pensaba en ella mientras su buen esposo roncaba a su lado.

El día que terminó la traducción, pensé que podríamos dedicar algo de tiempo a entretenimientos extraliterarios. Aun no siendo muy de marihuana, estaba dispuesto a fumarme un porro con ella en el sofá, cuando quizá intercambiaríamos confidencias. Luego tomaríamos un piscolabis, un vinito y cantaríamos en voz baja, tal vez cogidos de la mano, pero eso no ocurrió, porque ella se despidió, incluso antes de la hora habitual. Con la expectativa de leer el resto de la novela, me dejaría en paz durante las semanas siguientes, para que pudiera dedicarme al penoso trabajo solitario. Le dije que un autor curtido como yo no conoce esas memeces del bloqueo creativo, y que me bastarían unas pocas horas para expresar en palabras el hervidero de ideas que había en mi cabeza. Bastó con decir esto para que me mirara con gesto de admiración, se dejara abrazar pegando su cuerpo al mío y me prometiera volver al día siguiente a la hora de siempre.

3 de septiembre de 2019

Rebekka llega antes de hora, se saca una colilla de porro de las braguitas y se acomoda delante del ordenador. Sobre la pantalla, las líneas que escribí ayer para hoy:

Entre sueño y vigilia, pasé la madrugada lamentando la partida de Maria Clara a Lisboa, en compañía de su amiga y mi hijo. Nadie puede quitarme de la cabeza que la intención de Laila era alejarme de mi familia justo cuando empezaba a entenderme otra vez con mi exmujer y a sentir más apego por el niño. La misma Laila que, sin lugar a dudas, le había prohibido leer las galeradas de mi novela, pues sabía que la literatura fue lo que nos unió desde el principio y nos reconcilió en las peores crisis matrimoniales. Perversa como era, hizo aflorar la paranoia latente en la cabeza de Maria Clara y la convenció de buscar esa suerte de exilio en Portugal. Paranoia por paranoia, yo mismo llegué a estar a punto de lanzarme bajo la cama al oír el ruido de helicópteros sobrevolando mi edificio una mañana. Pero con el tiempo fui perdiendo el miedo a acercarme a la ventana para verlos sobrevolar a un centenar de metros, con las puertas abiertas y policías armados. Era de esperar que acabara aceptando su presencia, ya que estaban de vigilancia para proteger al vecindario de posibles delincuentes escondidos en la frondosidad que rodeaba el lugar. Una vez cumplida su misión, los helicópteros giraban en las montañas en dirección a la favela, donde, con vuelos rasantes, a veces disparaban balazos al azar con sus rifles. Entonces pensaba en Rebekka, que perfectamente podía estar allí, al descubierto, ocupándose del huerto comunitario, o saliendo de una clase de inglés con los niños. La aflicción que me sobrevenía en su ausencia era como la del padre de una chica imprudente, lo cual casi volvía incestuosa la atracción que, a mi vez, sentía por ella. Sabiendo que ella también me quería, un día hice acopio de valor y decidí ofrecerle amparo definitivo en mi apartamento, donde la mantendría a salvo de tiroteos y de un marido posesivo. Cuando cerró el expediente y se dirigió a la puerta hablando con arrobo de mi novela, le impedí el paso y la tomé en mis brazos. Acaricié su cabello rizado y le susurré al oído que, si me aceptaba como hombre, aquel sería su nuevo hogar. Sí, yo soñaba casarme con ella sobre el papel, como me había casado con Maria Clara veinte años atrás y, como en los tiempos de Maria Clara, volver a ser un prolífico escritor de novelas. Ella sería esa admirable mujer de muchas facetas de la que yo extraería personajes femeninos tan diversos y veraces para mi ficción. Tras oír mi declaración de amor, Rebekka salió

—¿La muy tonta se va?
—Todavía no lo sé.
—Me muero por saberlo.
—Mañana lo sabrás.

4 de septiembre de 2019

Al entrar en casa, Rebekka se levanta la falda y le cuesta un poco encontrar la colilla del porro metido en el elástico del biquini de tanga. Pese a la lluvia que cae, dice que tiene intención de ir a la playa, pero que no se perdería por nada del mundo las escenas del siguiente capítulo:

Tras oír mi declaración de amor, Rebekka salió a pasear por el salón con los tentadores pantalones blancos que arrebataron mi atención la primera vez que la vi. Se fijó en que las paredes carecían de pintura, sobre todo porque un buen decapado y una nueva mano son siempre benéficos, cuando el interior de una casa está cargado de malos recuerdos. Prosiguió la inspección por la cocina, pasó los dedos sobre los estantes, removió mis pocas sartenes, intentó poner en marcha los electrodomésticos obsoletos, tiró a la basura alimentos caducados que había en la nevera. Cruzó el despacho, echó una mirada al lavabo y preguntó por el baño, contiguo a la habitación de matrimonio, al final del pasillo. A medio camino había un cuarto sin amueblar, el mismo donde había prometido a Maria Clara que alojaría a nuestro hijo, y que, según me pareció, Rebekka midió con pasos largos de pared a pared. En la habitación de matrimonio, abrió los armarios casi vacíos, donde seguramente cabrían sus pertenencias, a continuación se fijó en que junto a la cama solo había una mesilla de noche. Pasó un dedo por debajo de la cama, entró en el cuarto de baño para lavarse las manos y dijo que junto a la ducha había espacio para instalar un jacuzzi. Después de señalar los indicios de escapes en el techo, fue a contemplar la vista desde la ventana y opinó que era una maldad tener así de mustios los geranios del alféizar. Desde allí, volvió al dormitorio y rodeó la cama, donde al fin se sentó y luego dio unos saltitos para probar el colchón. Entonces me senté con ella, le aparté el cabello rubio del cuello, le soplé en la nuca y se la mordí levemente. Se encogió de hombros, me enseñó su brazo con la carne de gallina y me dijo que era un hechicero, porque había descubierto su punto débil.

—Es que es justamente el mío, ¿cómo lo sabes?
—Fíjate, se te ha puesto el brazo de carne de gallina de verdad.
—Soy superfan de la literatura erótica.
—Lo mejor viene ahora.

… su punto débil. Entonces se echó a la cama de bruces, posición que realzaba sus hermosas nalgas, y me desafió a adivinar su mayor deseo. No esperó a que respondiera para decirme que deseaba un hijo mío, cuando precisamente lo que yo más quería era reconstruir con ella una familia que me acompañara el resto de mi vida. Volvió a girar el cuerpo de cara a mí, aquel cuerpecito, levantó las piernas, subió los pantaloncitos cortos y…

—Qué putada que se pare justo ahí.
—Mañana más.

5 de septiembre de 2019

Rebekka entra en pantaloncitos cortos y corre hacia el ordenador sin darse tiempo a encenderse el porro. Yo también estaba ansioso, me he pasado la noche anticipando este momento, y me he pasado horas esta mañana enjabonándome en el baño. Ni siquiera me he preocupado de avanzar la novela y, cuando la veo sentada ante la página vacía, entrelazo los dedos en su cabello y le rozo la nuca con la lengua. Ella se levanta de un salto y se vuelve hacia mí con aquella cara acalorada que conozco:

—¿Te has vuelto loco?

—¿Tú no querías un hijo mío?

—Lo estás confundiendo todo.

Aprieta el cuaderno contra el pecho y se marcha, decidida. Antes de cerrar de un portazo, vuelve la vista hacia atrás para ver si estoy mirando.

25 de septiembre de 2019

Querido:

Esta noche he soñado contigo. Me esperabas tranquilamente en medio de la calle, donde mil raíles de tranvía se entrecruzaban, en una ciudad de techo acristalado como una enorme galería. Estabas guapo, elegante, ibas con traje y corbata, como si fueras a recibir algún premio. Me disponía a precipitarme entre los coches para besarte, cuando me detuve, paralizada, al reparar que llevabas un revólver a la cintura; reconocí por la culata el arma que compré en un momento de desatino. Tengo que decir que no es la primera vez que me despierto sobresaltada por ti, así como he tenido malos presagios recurrentes sobre ti. Sé que te reirás de mí, pues tú eres poco de fenómenos paranormales, pero no podrás negar que compartimos algunos misterios desde que nos casamos. Te acordarás de cómo a veces me daba por llorar sin más en el dormitorio, sin saber que al otro lado de la pared estabas escribiendo una escena lacerante. O de cómo me abrías la puerta de casa un minuto antes de que llegara, como un perro que presiente la llegada de su ama. O de cómo, después de una noche de amor, nos miramos a los ojos y, hablando a la vez, adivinamos que acababas de dejarme embarazada de un niño.

El muchacho se ha adaptado rápidamente a la vida en Lisboa, sobre todo gracias a Laila, que al final le ha caído en gracia. Ella es quien lo lleva a la escuela y lo recoge, con quien sale a pasear en carruaje y a visitar el castillo de São Jorge. Así he ganado tiempo para mis quehaceres, ya recuperada de aquel desánimo que me volvía inútil. Hoy, por ejemplo, han cogido el autobús para ir a las playas de Nazaré, donde Laila ha quedado impresionada con el buen nivel de surf del niño. Yo estaré libre hasta la noche, y me encantaría que me enviaras tu novela, aunque esté inconclusa. Me consta que no se la has hecho llegar aún a la editorial, porque Petrus me tantea todas las semanas, con esa impaciencia que bien conoces. Entretanto, te aconsejaría que no le enviaras los originales sin que antes pasen por mí. Corregir tus deslices es tarea de cualquier corrector, pero solo esta amiga tiene la habilidad de pulir tus excesos, completar tus pensamientos o incluso añadir párrafos enteros que quizá solo hayas imaginado.

Notarás por estas líneas que la distancia solo ha hecho que acercarme a ti. Pero no te asustes, pues como mujer estoy muy bien servida, y el sentimiento que me inspiras es más bien maternal. Manda noticias sobre ti de vez en cuando, pues tus silencios me angustian. Cuéntame, por favor, qué ha sido del revólver que me quitaste a tiempo. Espero que lo hayas tirado a la basura, o en algún solar, o en el canal de Leblon. Si lo tienes en casa, ruego que te libres de él cuanto antes, por el amor de nuestro hijo.

Un beso,
Maria Clara

–¿Duarte? Soy yo, Rosane. Qué voz más rara. Pareces un búfalo, yo qué sé, un búfalo en las catacumbas. Tengo una novedad: voy a cambiar de aires. Voy a casarme por la iglesia, ¿te lo puedes creer? ¿Qué viejo? Napoleão ya es historia, *darling*, voy a casarme con Piccolini. Piccolini, ¿no lo conoces? Es el ganadero más importante de Mato Grosso, por si te interesa. ¿Qué incendios? Ah, en sus tierras no, gracias a Dios. Nada, allí no queda nada por quemar. Claro que no me voy a vivir a Mato Grosso, Dios me libre. Él tampoco, Piccolini vive en São Paulo. Sí, la semana que viene me mudaré a la casa que tiene en el Jardim América. La fecha para la boda es el 13 de diciembre, anótalo en la agenda. Va a ser un fiestón, viene toda la gente de Brasilia. Déjate de prejuicios, Duarte. Mejor no hablar de política. Porque no te he llamado para discutir, joder. Escucha, Duarte. Quiero verte. Mi casa está patas arriba, solo se salva nuestro dormitorio. Detesto ser una sentimental, pero mientras ordenaba las cosas, cada rinconcito de casa me recordaba a nosotros. Caray, no me digas que no vivimos momentos maravillosos aquí. Pues sí, entonces he pensado que esta noche podríamos hacer una fiesta de despedida. ¿Qué gobernador? ¿Qué ministro? No, tampoco la mujer de ningún ministro, pesado, una fiesta en la cama, solo para nosotros dos. Ah, ¿que no sabes si quieres o no? Entonces déjalo. Qué pena, porque hoy estoy de puta madre. Olvídate, que me busco a otro. Sí, sí, faltar no faltará. Claro, si hasta puede ser un amigo tuyo, ¿por qué no? Pide por esa boquita, que yo te escucho. ¿En serio? ¿Me lo juras? Ahora, la que no quiere soy yo, *my dear*. Tendrás que suplicármelo. Repítemelo. Otra vez. ¿Qué es lo que más te apetece de todo? Te espero a las nueve, no te arrepentirás.

Fíjate que las mujeres, como las desgracias, siempre vienen juntas. Apenas me despido de Rosane, y me llama Rebekka. ¿Qué pasa? Con la voz trémula, tal vez arrepentida de sus injurias, me escoge como confidente para quejarse de su marido. Según ella, soy el mejor testigo de su fidelidad hacia Agenor, de cómo ha resistido con tenacidad los impulsos del corazón. De un tiempo a esta parte, sin embargo, al notarla algo distante, empezó a vigilar sus idas y venidas, llegando incluso a sospechar que podía estar intimando con traficantes del punto de venta. De momento, ni siquiera puede hablarme con claridad, porque Agenor se ha tomado un mes de vacaciones y siempre lo tiene encima. Ha tenido que fingir una conversión a la fe cristiana para refugiarse una hora al día en la iglesia de la Bem-Aventurança, donde hace poco ha empezado a redactar la traducción de mi novela en el ordenador del pastor Dinamarco. Ayer, por fin, la terminó de imprimir entera, la metió en la mochila y esperó a que su marido se durmiera para disfrutar de su lectura en la cama. La reanudó tantas veces desde el principio que ya le daba igual que no hubiera un desenlace. Una noche, debió de suspirar tan fuerte con un pasaje que tuvo la mala suerte de que Agenor, que suele dormir como una piedra, se despertara de repente, le arrancara el libro de las manos y fuera a fijarse justamente en la página donde ella va por mi casa en los pantaloncitos cortos y ajustados. Leyó el nombre de Duarte, leyó el nombre de Rebekka, y las lecciones libidinosas del inglés le permitieron comprender que el escritor le estaba mirando el culo a su mujer. Zafio como es él, incapaz de distinguir ficción de realidad, rompió el libro, y aún ahora le arde la cara de las dos bofetadas que le dio. Rebekka tardará en perdonárselas, pero, para compensarlas, cuando quisiera puede volver a imprimir el libro, que está guardado en el ordenador de la iglesia. Eso pretende hacer hoy mismo, porque insiste en dejar una copia en mis manos, no solo para que valore su trabajo, sino también para animarme a cerrar la novela con un final feliz. Le sugiero que deje el libro en la portería, ya que durante el día siempre está el portero que ya conoce. Pero Rebekka se empeña en pasar a verme a primera hora de la noche, cuando Agenor salga con sus amigos para asistir al fútbol al Maracaná. Hasta ha pillado algo de maría para fumarse conmigo con tranquilidad, porque su marido no volverá a casa hasta la una de la madrugada. Antes de colgar, me dice en un susurro que había pensado en denunciarlo a la comisaría de mujeres, pero prefiere vengarse de otra manera.

Abro un vino de Borgoña y, al olerlo, enseguida noto que el calor de Río no le ha sentado nada bien, aunque al segundo trago me parece más potable. De todos modos, Rebekka tampoco debe de ser una entendida, así que no notará que está rancio. Por la noche, procuro dejar el auricular del teléfono descolgado, previendo una posible llamada de

Rosane. Si volviéramos a quedar, jamás caería en la necedad de decirle que, al igual que ocurre con los buenos vinos, cada día está más apetitosa. Ella sí que sabría apreciar un borgoña como este, haría unas cuantas gárgaras y luego me lo escupiría en la cara. Y reventaría todas las puertas del apartamento si supiera que la he reemplazado por otra más joven. Sería difícil explicarle que con una chica así no busco placer, sino la ilusión de recuperar la juventud durante unos minutos. Pero una vez agotada la última posibilidad con Rebekka, seguramente querría volver otra vez con Rosane, aunque tuviera que desplazarme a São Paulo. Es probable que su nuevo marido sea igual de liberal que el anterior, y yo ya no tengo edad para arriesgarme con las mujeres de hombres rudos. Además, parece que a Rebekka le gusta que me haga el tonto y, a medida que avanza la noche, empiezo a arrepentirme del plantón que le he dado a Rosane. Del vino, solo queda el regusto, y el ansia por Rebekka va dando paso a la aprensión, de ahí mi impaciencia, de ahí mi malhumor, de ahí mi indiferencia, y cuando oigo el interfono ya estoy medio dormido. Abro la puerta de la calle sin decir palabra, dejo la puerta de casa entornada y vuelvo a echarme en el sofá. Tarda en subir y, cuando vuelvo a conciliar el sueño, oigo unos pasos, zapatos de tacón sobre el parqué. Cuando abro los ojos, no veo a Rebekka, sino a una señora refinada, la mujer con más encanto que haya visto en mi vida, acaso una vecina con la que nunca he tenido la suerte de cruzarme. Pero al mirarla mejor, veo que no. Que se trata de una mujer a la que conozco bien, pero no había visto en muchos años. Es una mujer a la que el tiempo en realidad le ha sentado bien. No quiero creerlo, pero, de hecho, es mi madre quien se aproxima, mirándome con la cara muy seria, con un claro interés por acostarse conmigo. Sentada en el borde del sofá, se desabrocha los botones de perla de la blusa, me muestra los senos y se los acaricia con lágrimas en los ojos. Luego me levanta la cabeza y, con unos labios gélidos, me besa en la boca. Acto seguido, me hace la señal de la cruz.

28 de septiembre de 2019

Durante su ronda por el edificio Saint Eugene, la señora Marilu Zabala se detiene en la séptima planta y percibe un hedor procedente del apartamento 702. Avisa al administrador, un gastroenterólogo jubilado, que no vacila en identificar el olor cadavérico, y no de retrete atascado, como ella suponía. Con la llegada de la Policía Militar, la señora Zabala se regocija secretamente de que, esta vez, el tal escritor no podrá evitar que le fuercen la puerta. Ella también entraría en el apartamento, si no se lo hubiera impedido el comisario, que llegó acompañado de dos policías civiles. En breve, acuden al pasillo otros vecinos, hombres y mujeres con un pañuelo en la cara, y niños tapándose la nariz. Ninguno de los presentes recuerda haber visto alguna vez en el edificio al residente del 702, cuyo nombre no les dice nada. Es desconocido hasta para el vecino de la puerta de al lado, el del 701, que reclama a gritos que retiren al difunto, ya que la pestilencia que llega a su apartamento es insoportable. Un policía le pide paciencia hasta la inminente llegada del perito, pero en ese momento quien sale del ascensor es un reportero, que exhibe su credencial y obtiene autorización para grabar el suceso. La señora Marilu Zabala pregunta al policía qué prerrogativas tiene un periodista para entrar en un lugar vedado a una juez federal. El policía la aparta de la puerta para dejar paso al perito, que promete entregar el cuerpo en breve al Instituto Médico Legal. Acto seguido, llegan dos bomberos, y la señora Zabala aprovecha las entradas y salidas para infiltrarse en la vivienda. El reportero sale al pasillo para declarar a los concurrentes que el óbito se produjo por arma de fuego, aunque las hipótesis de suicidio u homicidio están pendientes de investigación. En ese momento, el del 701 recuerda haber oído la otra noche un estallido cerca de la ventana, pero lo atribuyó a un cohete de algún seguidor del Flamengo por el gol. Después de que el comisario aparte amablemente a la señora Zabala, esta describe la fisonomía del difunto, los ojos vidriosos, la mandíbula torcida y una extraña coloración verde oscura. No tarda en circular por el pasillo la información de que el escritor del 702 era mulato, pese a que la propia juez desmiente que hubiera nunca un inquilino afrodescendiente en el edificio Saint Eugene. Al fin, los residentes guardan silencio cuando el cuerpo sulfuroso abandona el apartamento dentro de una bolsa negra, sobre una camilla de acero que cargan los bomberos: por favor, por favor. Tan pronto bajan por la escalera, alguien comenta que un negro, cuando no caga al entrar, caga al salir.

29 de septiembre de 2019

HALLAN A UN ESCRITOR MUERTO
EN UN PISO DEL BARRIO DE LEBLON

El conocido escritor Manuel Duarte, de 66 años, autor del best-seller *El eunuco de la Corte Real,* ha sido hallado muerto en su domicilio del barrio de Leblon. Los vecinos alertaron a la policía a las 6 de la mañana de ayer, debido al fuerte olor procedente de la vivienda. Según la información recogida por este periódico, Manuel Duarte se encontraba tumbado en el sofá del salón con una herida en la sien derecha. Junto a la mano derecha, sobre el suelo de madera, había un revólver. No había señales visibles de entrada con fuerza en la vivienda ni de forcejeo, y sobre la mesa del centro había un vaso y una botella de vino vacíos. Todo apunta a que el escritor se suicidó, pero el comisario Durval Serapião, del distrito policial 14.º, no descarta la hipótesis de robo con homicidio. No se han encontrado objetos de valor en el domicilio, ni notas o cartas que justifiquen el acto, como suele suceder en casos de suicidio. También llama la atención la ausencia de archivos o correo electrónico en el ordenador, la herramienta de trabajo habitual de un escritor.

MISTERIO

Según el comisario Serapião, el arma de calibre 38 está registrada a nombre de la primera esposa del escritor, la traductora Maria Clara Duarte, a la que la policía no ha podido localizar. La información de que podría estar huida, que se divulgó en un programa radiofónico, fue desmentida por el comisario a partir de una llamada telefónica que el editor Petrus Müller realizó desde São Paulo. Según este, la traductora se encuentra en cama bajo el efecto de sedantes en su residencia de Lisboa, donde se estableció a principios de este mes. La otra exmujer del novelista, la arquitecta y diseñadora Rosane Duarte, conmovida por la noticia, también rechaza la hipótesis del suicidio. Asegura que mantenía una relación excelente con Duarte, que gozaba de buena salud, amaba la vida y tenía grandes proyectos para el futuro. El editor Petrus Müller corrobora esta afirmación, ya que esperaba recibir en breve los originales de una nueva novela de Duarte, que posiblemente publicará este año en una edición póstuma. Por otro lado, un conocido abogado, amigo de la infancia del escritor, que ha pedido mantenerse en el anonimato, ha revelado que Duarte arrastraba consigo el trauma de la pérdida de su padre, que también se quitó la vida con un tiro en la sien. El psiquiatra Isaac Kovaleski ha declarado para el reportaje que la literatura científica no reconoce tendencias genéticas al suicidio, si bien una fragilidad emocional hereditaria podría señalarse como un importante factor de riesgo.

CARRERA LITERARIA

Manuel Duarte nació en Río de Janeiro el 12 de julio de 1953. Era hijo del magistrado de paz Eufrazio Duarte Neto, jurista de renombre, y de Mildred Duarte, ama de casa. En su juventud, participó en los movimientos de oposición a la dictadura militar. Trabajó esporádicamente en publicidad y periodismo, pero siempre soñó con desarrollar una carrera literaria, conforme declaró en 2002 en una entrevista a este periódico. En 1999 publicó la colección de poemas *Elegía a M. C.*, edición del autor. Pero destacó sobre todo por su obra en prosa, a partir de 2000, con la novela histórica *El eunuco de la Corte Real,* seguido de otros once títulos.

Además de incontables amigos y admiradores, Manuel Duarte deja a su muerte un hijo, fruto de su primer matrimonio. En el momento del cierre de esta edición, no existía información sobre el velatorio ni el funeral del escritor.

AGRADECIMIENTOS

Maria Emilia Bender

Dr. Ricardo Cerqueira
Dr. Edson de Souza Milagres

Carol Proner